청백리가 그리운 시대

청백리가 그리운 시대

최 진 규

ESSAY

머리말

사도의 길로 접어든 지도 어느덧 십오년 가까운 세월이 흘렀습니다. 교직을 천직으로 알고 걸어온 길이기에 늘 행복했고 또 그렇기 때문에 한 번도 후회해본 적이 없습니다.

특별한 부존자원이 없는 우리나라의 현실에서 교육은 바로 국가 발전의 원동력이라 해도 과언이 아닐 것입니다. 그래서 너나 할 것 없이 교육에 관심이 많겠지요. 문제는 우리 교육이 올바른 방향으로 나아가고 있느냐 하는 점입니다.

교육은 시대적 가치와 맞물려 돌아가는 사회적 함의의 산물이기에 결과에 대한 책임이 반드시 어느 한쪽에만 있는 것은 아닙니다. 교육과 직간접적인 연관관계를 맺고 있는 사람이라면 그 누구도 교육활동의 결과에서 자유로울 수 없습니다.

그런 면에서 학교현장에서 아이들을 직접 지도하고 있는 교사의 한 사람으로서 크든 작든 교육적인 가치와 관련된 부분에 대해서는 글을 통하여 표현하는 습관을 들이게 되었습니다. 제도나 정책과 관련된 부분은 원론적 차원으로 접근했으며 교육현장에서 벌어지는 아기자기한 소재들은 가감 없이 솔직하게 담아보고자 했습니다.

글을 쓰는 순간만큼은 모든 것을 잊고 그 속에 몰입할 수 있어서 무척 즐겁습니다. 학창시절에는 작문 시간이 너무나 지겨워 빨리 수업이 끝나기를 바랐는데 지금은 오히려 그 정반대가 된 것입니다. 욕심 같아서는 주변 사람들의 가슴속에 오랫동안 남을 수 있는 글을 쓰고 싶지만 마음같이 잘 안될 때가 많아 안타깝기도 합니다.

글을 쓰는 작업은 마치 원석을 갈고 닦아 아름다운 보석으로 탄생시키는 과정에 비유할 수 있습니다. 생활 속에서 접하는 수많은 현상 가운데 의미 있는 소재를 발견하여 글로 연결시키다보면 보석보다 더 소중한 깨달음을 얻곤 합니다. 특히 교육적 가치를 담고 있는 글은 그 정도가 훨씬 큽니다.

이 책을 통하여 소개되는 글은 부실한 기초로 인하여 중심을 잃은 채 흔들리고 있는 우리 사회의 다양한 가치 가운데 특히 교육을 든든한 반석위에 올려놓기 위한 작은 노력의 일환이라고 보면 큰 무리가 없을 것입니다. 다만 사회적 관심사에 대한 논리적 접근이 필요한 부분은 칼럼으로 개인의 체험과 관련하여 각별한 의미를 부여하고 싶었던 내용은 일기나 수필 형태의 글로 묶었습니다.

글을 살펴보면 필자의 전공 영역을 뛰어넘는 부분까지도 언급한 내용이 있습니다. 물론 해당 분야에 대한 전문적 식견을 토대로 쓴 내용이라기보다는 공동선을 실현하기 위한 문제제기의 차원이라고 보는 편이 맞을 듯싶습니다. 다만 섣부른 지식을 바탕으로 쓴 글이기에 행여 관련 분야의 전문가 분들께 누를 끼치지나 않을지 염려됩니다.

도종환 시인의 '흔들리며 피는 꽃'이란 시를 보면 인간의 삶은 시련과 고난을 통해서만이 성숙한 경지에 다다른다고 했습니다. 지금 우리 교육이 겪고 있는 혼란과 갈등도 결국은 교육 강대국으로 가기위한 일련의 과정으로 볼 수 있습니다. 그래서 이 책의 출간도 결심하게 된 것입니다.

어렵고 힘든 고비가 닥칠 때마다 늘 한결같은 마음으로 따뜻하게 손을 잡아주신 동료 선생님들과 (주)에세이 손형국 사장님, 그리고 직원 분들께도 고개 숙여 감사의 뜻을 전합니다.

2006년 1월 저자

목차

1부 국민의 대통령을 기다리며

2부 청백리가 그리운 시대

책읽는 사회가 人才 만든다.

한글 우수성, 교과서에 담자

비평문 및 자녀교육사례

국민의 대통령을 기다리며 *1*

대입 박람회장 무질서 판쳐

지난 금요일 수능시험이 끝난 고3 학생들과 함께 코엑스에서 개최된 '대학입학정보 박람회'에 다녀온 일이 있다. 수능 점수 발표를 며칠 앞둔 시점에서 학생들은 입시 정보에 목마를 수밖에 없다. 아무래도 도시보다는 지방학생들이 정보에 취약하기 마련이라, 이 기회에 좀더 많은 진학 정보를 얻어 보자는 기대감으로 아침 일찍 버스를 타고 박람회장으로 향했다.

두 시간 넘게 달려 도착한 박람회장은 입구부터 많은 관람객들로 장사진을 이뤘고, 행사장 주변은 발디딜틈 없이 극도로 혼잡했다. 겨우 입장한 박람회장은 실종된 질서와 넘치는 인파로 몸살을 앓고 있었다. 어디를 둘러봐도 마음 편히 관람할 곳은 없었다.

이런 상황을 예측하지 못한 주최 측도 문제지만, 행사에 참가한 대학들의 무성의는 보는 이를 더욱 안타깝게 만들었다. 각 대학 홍보 부스는 특별한 차이가 없었고, 대부분 학교 안내 책자나 원서를 쌓아놓고 나눠주는 정도였다. 학생이 대부분인 관람객들도 홍보 유인물 받기에 급급했지, 자신이 입학해서 공부할 대학의 특징이나 교육 여건 등에는 관심이 없어 보였다. 사실 이런 정도의 홍보물은 각 대학에서 이미 고등학교에 보냈던 것이라 특별할 것도 없었다.

일부 대학은 짧은 미니스커트를 입은 도우미가 나와 학생들의 시선을 자극하고 있어 함께 참관한 학부모들의 눈살을 찌푸리게 했다. 행사장 한 편에 마련된 정보검색코너는 수많은 홍보물을 받아든 학생들이 진을 치고 앉아, 자신이 필요한 자료만 챙기고 나머지는 슬며시 버리는 바람에 쓰레기가 산더미처럼 쌓여 있었다.

　박람회장 밖의 사정도 크게 다르지 않았다. 곳곳에 나뒹구는 버려진 양심은 흉물스런 모습을 자아내기에 충분했다. 마치 이곳이 지성의 상징인 상아탑으로 향하는 길인가 하는 의구심마저 들게 되었다. 때마침 버려진 홍보물과 무질서한 인파의 틈을 비집고 열을 지어가는 유치원생들이 무슨 생각을 할 지 자못 걱정이 되었다.

2002.11.27

公교육을 위한 제언

노무현 당선자님께.

작년 12월19일에 우리 국민들은 새로운 대통령을 뽑았습니다. 대선에 나타난 민심에는 진보적이고 개혁적인 성향의 대통령을 통하여 새로운 변화와 비전을 모색하겠다는 염원이 담겨 있습니다. 선거가 끝나고 해가 바뀐 시점에서 국민들은 당선자님께서 펼칠 정책에 큰 관심과 기대를 갖고 있습니다. 오늘의 교육 난국을 풀어가기 위해서는 국민 모두의 지혜가 요구되기에 당선자님께 교육정책에 관한 몇 가지 제언을 하고자 합니다.

첫째, 공교육에 대한 적극적인 지원이 필요합니다. 우리나라 국민들이 지출하는 사교육비는 연간 30조 원이 넘습니다. 이것은 공교육비를 훨씬 뛰어넘는 액수로서 경제협력개발기구(OECD) 국가 중 단연 최고라고 볼 수 있습니다. 물론 학벌 중시의 사회적 풍토에 기인하는 바 크지만, 그렇다고 자식의 장래가 걸려 있는 마당에 학부모의 교육열만을 탓할 수는 없습니다. 사교육비 증가는 공교육의 부실이 원인이라고 할 수 있습니다. 공교육에 대한 획기적 지원만이 사교육의 늪에 빠진 국민을 구하는 유일한 대안입니다.

둘째, 교육정책의 입안 과정에 교육주체의 참여가 있어야 합니다. 현장 여건을 무시한 교육 관료나 학자들이 무리하게 서구, 특히 미국의 교육이론을 도입한 결과 지금까지 많은 부작용이 노출됐습니다. 적어도 교육과 관련된 정책에는 현장 교사나 학부모 등 교육주체의 견해가 반영되는 것이 필요합니다.

셋째, 학생들의 다양한 가능성을 열어주는 교육이 필요합니다. 학생들은 중등교육을 대학 입시의 과정 정도로만 여기고 있습니다. 내신 성적으로 인하여 점수 몇점 때문에 눈치를 보는 수동적 인간으로 교육해서는 안 될 것입니다. 학생들이 자신의 적성을 발견하고 소질을 발현할 수 있는 교육을 통하여 대학에 진학할 수 있는 구조가 필요합니다. 일방적인 학력 중심의 교육은 학생들의 개성과 창의성을 싹부터 자르는 해악이기에 마땅히 지양되어야 합니다.

넷째, 교육자를 우대하는 사회적 합의와 지원이 요구됩니다. 교사가 교직에 보람과 긍지를 갖는 것은 사실 중요한 문제입니다. 교사의 말 한마디가 때로는 나락에 빠질 아이들을 구원할 수도 있고, 방황하는 아이들에게 올바른 방향을 제시할 수도 있기 때문입니다. 그러나 교사가 교직에 회의를 갖고 적당히 교육활동에 임한다면, 그 해악은 고스란히 학생들에게 돌아갈 것입니다.

다섯째, 재수생을 양산하는 대입제도는 개선되어야 합니다. 현행 대학 입시제도에서 수학능력시험의 실패는 곧 대학 진학 실패를 의미합니다. 그만큼 입시에서 수학능력시험이 차지하는 비중은 절대적입니다. 지금처럼 아이들을 절망에 빠뜨리고 재수생을 양산하는 수능 중심의 입시제도는 반드시 개선되어야 합니다.

교육은 국가의 미래를 좌우할 동력입니다. 우리 사회가 안고 있는 다양한 문제의 근원은 사실 교육에서 출발합니다.

'공교육이 바로서 사교육비 부담이 없는 사회', '교육주체가 교육정책에 참여하는 사회', '직업의 귀천이 없어 자신의 소질이 존중받는 사회', '교육자의 긍지와 보람이 충만한 사회', '아이들이 소모적 입시경쟁에 휘둘리지 않는 사회'가 바로 당선자님과 함께 추구해야 할 우리 교육의 바른 모습이라고 생각합니다.

2003. 1. 9

새 교육부총리에 바란다

지난달 25일 노무현 대통령의 새로운 정부가 출범했다. 노무현 대통령은 교육부총리만큼은 자신의 임기와 함께 하겠다고 강조하며 교육혁신을 통해 아이들이 입시지옥에서 벗어나 저마다의 소질과 창의력을 마음껏 발휘할 수 있는 교육환경을 갖추겠다고 역설한 바 있다.

물론 쉬운 일은 아니겠으나 난마처럼 얽힌 문제를 풀어 교육을 정상화시킬 것으로 국민들은 기대하고 있다. 우리나라 국민들의 교육에 대한 관심과 열의는 이미 세계적으로 정평이 나 있다. 어쩌면 유난스럽다고 할 수도 있으나, 자식의 앞날이 상급학교 진학을 통하여 결정되는 사회적 구조에서는 당연한 현상이라고 볼 수 있다.

이처럼 교육열이 높은 국민을 대상으로 정책을 펼치기란 부담스러운 일임에 틀림없으나, 그 추진과정에서 반드시 챙겨야할 점이 있어 몇 가지 제안하려 한다. 우리 교육에서 가장 먼저 매듭을 풀어야 할 문제는 공교육의 활성화라고 볼 수 있다.

작년 말 현재 우리나라 국민들이 지출하는 사교육비는 연간 30조 원을 넘어 섰다. 이것은 공교육비를 훨씬 뛰어넘는 액수로서 OECD 국가 중 단연 최고라고 한다. 이제는 국가가 나서서 공교육의 질을 획기적으로 향상시켜야 할 때이다. 공교육이 바로 서지 않는 한 선진국의 길은 더욱 요원할 수밖에 없다.

공교육 활성화의 요체는 입시에 멍들어 있는 교육 현실을 개선하는 데 있다. 학생들이 자신의 적성과 소질을 발현할 수 있는 교육을 통해 상급 학교에 진학할 수 있는 입시 구조가 요구된다. 그리고 교육 정책을 추진함에 있어서는 국민적 합의가 선행되어야 할 것이다.

그간 일부 교육전문가와 관료를 중심으로 정책이 독점되었기에 현장 교육을 이끌어 가는 교사나 교육의 최대 수요자인 학부모들이 소외됨으로써 정책의 효용성이 떨어져 많은 부작용을 드러낸 것이 사실이다. 결국 그 피해는 고스란히 학생들의 몫으로 돌아갔고, 인적 자원만으로 치열한 국제 경쟁을 헤쳐가야 할 국가적 입장에서도 막대한 손실을 입었다고 볼 수 있다.

아이들은 다양한 재능과 가능성을 지닌 소중한 우리의 미래다. 이제 우리 교육은 마땅히 그들로 하여금 꿈과 희망을 실현시킬 수 있도록 충분한 자양분을 공급할 토대를 갖추어야 할 것이다. 그러자면 교육자가 교직에 보람과 긍지를 갖고 임할 수 있도록 지원하고 격려하는 사회적 합의가 절실히 요구된다.

이제 더 이상 '학교 붕괴'니 하는 말들로 신성한 교육 현장이 짓밟혀서는 안 될 것이다. 교육부총리께서는 아마도 풀기 힘든 숙제를 앞에 두고 난감한 심정에 빠져있을 지도 모른다. 그만큼 교육 문제의 해답을 구하기란 녹록치 않은 일임에 틀림없다. 그러나 한 가지 분명한 것은 국민적 지혜와 합의를 통하여 이루어지는 교육은 결코 실패하지 않는 다는 점이다.

2003.3.6

이공계 우대정책 흔들림 없게

해가 갈수록 학생들의 이공계 기피현상이 심화되고 있다. 학기 초에 실시한 적성검사 결과를 토대로 학생들과 일일이 상담을 하고 학부모까지 초청하여 계열 선택과 관련된 내용을 상세히 설명하지만, 이공계 기피현상을 막기에는 역부족이다. 학생이나 학부모들도 이미 언론을 통하여 이공계의 열악한 현실을 간파하고 있어 더더욱 진로 지도에 어려움을 겪을 수밖에 없다. 교육부는 7차 교육과정의 도입으로 사실상 계열 선택의 의미가 없어졌다고 강조하지만, 교육현장에서는 오히려 과거보다 커졌다는 것이 중론이다.

고등학교 때 선택한 계열은 대학 진학과 밀접하게 관련되며 장차 직업 결정에도 영향을 미친다. 학생이나 학부모가 우려하는 것은 이공계에 대한 낮은 사회적 인지도와 처우에 있다고 볼 수 있다. 그러니 이공계 쪽에 재능이 있는 학생도 인문계열을 선택하거나 안정된 직업과 고소득이 보장된 의대나 한의대, 약대를 희망하는 경우가 대부분이다.

이공계 대학의 현실이 참담하다는 이야기도 들린다. 이공계 대학에 진학한 학생들의 학력수준이 매년 크게 떨어지고 있다는 것이다. 서울대가 2002학년도 이공계 신입생들을 대상으로 실시한 수학 성취도 평가에서 13.9%가 낙제점을 받았다는 조사 결과나, 서울대 대학원의 이공계가 정원을 채우지 못해 몇 년째 미달되는 사태를 빚고 있다는 소식은 실로 충격이 아닐 수 없다. 이공계 대학의 질적 수준은 갈수록 떨어지고 연구실은 공동화(空洞化)되고 있으며, 심지어는 전공과 전혀 관련이 없는 고시 공부에 매달리는 이공계 학생이 허다하다는 것 역시 오래된 이야기다.

공직자들의 이공계 출신 비율이 3급 24%, 2급 18.2%, 1급 9.7%라는 수치에서 보듯이 고위직으로 올라갈수록 이공계 출신들은 소외되고 있다. 한마디로 이공계 출신의 고위직 승진은 낙타가 바늘구멍 통과하기만큼이나 어려운 실정이다.

또한 대한상의가 밝힌 자료에 따르면 이공계 출신들이 주로 일하는 전자나 정보기술(IT), 화학 등의 업종에 종사하는 대졸 초임이 상경계열 출신이 대부분인 금융업종의 대졸 초임에 비해 평균 30% 낮은 것으로 나타나 이공계의 사회적 처우를 실감케 한다. 이처럼 어렵게 공부하고도 승진의 길이 좁거나 제대로 대우를 받지 못하는 현실에서 학생이나 학부모들의 이공계 선택을 기대하기는 어렵다.

세계가 두려워하고 있는 중국의 변화와 성장을 이공계 출신들이 주도하고 있다는 사실은 우리에게는 부러운 이야기일 뿐이다. 중국은 이미 대학의 경우 이공계의 비율이 60%를 넘어섰고, 당 정치국 상무위원 9명 전원이 이공계 출신이라는 것은 잘 알려진 사실이다. 최고지도자인 후진타오 국가주석과 장쩌민 군사위 주석도 이공계 대학을 나왔다. 이에 비해 우리나라 참여정부의 장관급 이상 21명 중 이공계 출신은 단 2명에 불과한 실정이다. 이런 상황에서 이공계에 대한 지원을 논하는 것은 자칫 공염불로 끝날 공산이 크다

부존자원과 자본이 빈약해 오로지 기술과 두뇌로 세계와의 무한경쟁을 벌여야 하는 우리 처지에 비춰볼 때 산업의 근간이 되는 과학자와 기술자 층이 갈수록 얇아지는 현상을 크게 우려하지 않을 수 없다. 이공계 문제를 풀어가는 근본대책은 이공계 출신의 처우를 개선하고 이들이 사회적으로 존경받을 수 있는 분위기를 조성하는 데 있다. 다행스럽게도 노무현 대통령이 중국을 방문한 후 기술직 우대 방침을 정하고, 정부도 기술고시와 행정고시의 통합이나 이공계 공직자의 임용비율 확대 등 이공계 지원방안을 발표했다. 이번만큼은 이공계 출신을 우대하겠다는 정부의 의지가 후퇴해서 또다시 공약(空約)으로 전락하는 일이 없었으면 하는 바람이다.

2003.9.19

이공계 활성화에 아낌없는 지원을

지난 16일 마감한 2004학년도 대학수학능력 시험의 응시원서 접수 결과 자연계열 지원자가 지난해보다 약간 늘어난 것으로 나타났다. 자연계열 응시자 비율이 지난해 30.30%에서 올해 31.34%로 1.04% 포인트 증가한 것이다. 그러나 이공계 기피 현상을 막기 위해 2004학년도 입시에서, 대다수 대학이 계열간 교차지원을 허용하지 않거나 동일계열 지원자에게 가산점을 주는 등 적극적인 유인책을 썼음을 감안하면 오히려 기대에 미치지 못한 결과라고 할 수 있다.

과거와 다르게 요즘의 학생들은 자신의 장래를 결정하는 데 사회적 처우를 우선시한다. 학생들의 장래 희망을 조사하면 대부분 적성보다는 의사 · 변호사 · 금융전문가 등 사회적 인지도가 높고 안정된 고소득이 보장되는 직업을 선호하는 것으로 나타난다. 물론 사회적 보장이 높은 방향으로 진로를 선택하는 것 자체를 탓할 수는 없다. 어찌 보면 노력한 만큼 충분한 대우를 받기 원하는 것은 지극히 당연하기 때문이다.

이공계 대학에 진학한 학생들의 학력수준도 갈수록 떨어지는 것으로 밝혀졌다. 한국교육개발원의 보고서에 의하면 자연계의 경우 신입생의 수능성적 백분율이 1994년에는 18.93%였으나 1998년에는 26.87%, 2001년에는 31.84%로 크게 떨어졌다. 서울대 공대의 경우 1998년에는 전체 백분율 0.16%에 든 학생이 입학했으나 2001년에는 0.28%로 크게 하락했으며 다른 대학도 상황은 마찬가지다. 그에 비하여 인문계열 인기학과인 법대의 경우 신입생 성적 백분율은 계속 상승하는 것으로 나타나 갈수록 이공계 기피현상이 심해짐을 알 수 있다.

이처럼 우수한 인재들이 이공계를 외면하는 까닭은 낮은 사회적 처우 때문이다. 이공계 출신 대졸 초임이 금융계 대졸 초임에 비해 평균 30%가 낮고, 국립대 자연대 교수의 연봉이 의사 수입의 20%에 지나지 않으며, 이공계 출신 고급 공무원의 비율이 고작 9%에 불과한 현실에서 학생들이 어렵게 공부하고도 상대적으로 낮은 보수와 출세의 길이 막힌 이공계를 선택할 리는 없는 것이다.

다행스럽게도 노무현 대통령이 지난 7월초 중국을 방문하고 돌아온 후 비약적인 성장을 거듭하는 중국 경제의 성장 원동력이 과학기술에 있음을 간파하고 기술직 우대방침을 천명했다. 이에 따라 정부도 2008년까지 4급 이상 공무원의 기술직 비율을 30%로 늘리고, 관계 법령을 고쳐 이르면 내년 초부터 기술고시와 행정고시를 통합하는 등 다각도로 이공계 지원방안을 마련하고 있다.

이처럼 이공계 출신의 고위직 진출 확대 방안은 환영받아 마땅하나 더욱 중요한 것은 과학자 · 기술자가 청소년들의 선망의 대상이 되는 사회적 풍토를 조성하는 데 있다.

따라서 노 대통령은 후보 시절 공약한 과학기술 관련 연구개발비를 정부 예산의 7%까지 높이겠다는 약속을 반드시 지켜야 할 것이다. 또 참여정부의 국정과제 중 하나인 '과학기술 중심 사회 구축'을 실현하기 위해서는 과학기술 분야의 위상 제고를 위하여 경제부총리 · 교육부총리에 이어 과학부총리제의 도입과 이공계에 대한 체계적 지원을 위하여 청와대 안에 과학기술육성과 관련된 태스크포스팀의 상설 운영도 검토해볼 필요가 있다.

결국 정부가 내세우는 지식강국의 건설은 이공계의 활성화 여부에 달려 있다. 날로 치열해지는 국제경쟁에서 살아남기 위해서는 과학기술밖에 믿고 의지할 분야가 없다는 인식을 갖고, 사기가 땅에 떨어진 과학기술계에 새로운 힘을 불어넣을 수 있는 획기적 지원이 따라야 할 것이다.

2003.9.24

인재육성 위해 교육제도 손질 마땅

얼마 전 삼성그룹 이건희 회장이 모 언론사와의 인터뷰에서 "앞으로는 천재 한 사람이 10만명, 20만명을 먹여 살리는 시대가 될 것이다. 총칼이 아닌 사람의 머리로 싸우는 두뇌전쟁의 시대에는 결국 뛰어난 인재, 창조적 인재가 국가 경쟁력을 좌우하게 된다"라면서 인재양성의 중요성을 천명했다. 그러면서 분야별로 우수한 인재를 많이 확보한 기업이나 국가는 어떤 위기 상황이 닥쳐오더라도 두려울 것이 없다고 강조한 바 있다.

이처럼 국가간 장벽이 사라진 세계화 시대에는 우수 인재를 얼마나 많이 확보하여 적시에 활용하느냐에 따라 기업이나 국가의 경쟁력이 좌우된다. 인재는 타고나기보다는 길러진다는 말이 있다. 아무리 뛰어난 자질을 지녔다 해도 능력에 맞는 적절한 교육이 뒷받침되지 않으면 결국 사장되고 만다. 특히 물적 자원이 전무하다시피 한 우리 현실에서 우수한 인재의 육성은 국운이 걸린 중대한 사안이다.

경제협력개발기구(OECD)가 발간한 '2003년도 OECD 교육지표'의 학업성취 부분에서 '국제학생평가프로그램(PISA2000)' 검사 결과 우리나라의 만 15세 학생들은 과학(1위) 수학(2위) 읽기(6위) 과목의 평균 성적은 상위권이나 상위 5% 학생을 대상으로 한 비교에서는 과학(5위) 수학(6위) 읽기((21위) 과목의 성적이 떨어지는 것으로 나타나 우수

학생 교육에 문제가 있음이 드러났다.

또 이번 발표에서 학교·학생·계층간 성적 격차는 OECD 국가 중 가장 작은 것으로 나타나 일단 교육의 형평성은 확보했으나 수월성 측면에서는 실패했다고 볼 수 있다. 이것은 현재 서울을 비롯한 전국 23개 지역이 고교평준화 제도를 시행하는 것과 무관하지 않다. 평준화가 학교간 서열화를 막고 사교육을 완화하여 중학교 교육을 정상화하는 데 기여했는지는 모르나, 학생의 학교 선택권을 제한함으로써 학습능력 차이를 고려하지 않은 획일적 교육으로 수업 능률이 떨어지는 등 전반적으로 학력의 하향 평준화로 이어졌다.

특히 이번 발표에서 관심을 끄는 대목은 학습동기와 학습전략을 포함한 '자기주도적 학습능력'이 OECD 국가 중 최하위권으로 나타난 점이다. 이것은 인재 양성의 핵심이 되는 자율적이며 창의적인 학습이 교육현장에서 제대로 이루어지지 않는다는 사실을 의미하는 것이다. 개혁을 외치고는 있으나 입시에 발목이 묶인 학교 교육이 창의적 능력의 계발보다 박제된 지식의 전수에 급급해 주입식 교육으로 일관한 결과라고 할 수 있다.

이런 현실에서 어떻게 국가 미래를 이끌어갈 인재를 길러낼 수 있겠는가? 차라리 인재양성이 아니라 '인재 도태'에 가깝다는 표현이 맞을 듯싶다. 우수한 자질을 갖춘 학생을 조기에 발견하여 적절한 교육환경을 제공하는 것은 공교육의 당연한 의무이다.

그러나 열악한 교육여건으로 인하여 해마다 유학생이 급증하는 현실에서 인재 유출을 걱정하는 목소리만 점점 높아가는 실정이다.

교육당국은 인재 양성 없이는 국가의 미래도 없다는 절박한 심정으로 방안 마련에 전력을 다해야 할 것이다. 선진국일수록 능력별 교육을 선호하는 점은 우리에게 시사하는 바가 크다. 미국에서는 상위 30%에게까지 영재교육을 실시하며, 최근에는 공립학교도 일반학급과 영재학급을 별도 편성하여 교육의 수월성을 추구한다. 학사운영에서부터 교육과정 선택에 이르기까지 학교·학생·학부모의 자율성을 최대한 존중하는 점도 눈여겨보아야 할 대목이다.

국내총생산(GDP)대비 5%가 넘는, 가장 많은 예산을 쓰고 있다는 교육부문이 투자에 비해 효율성이 떨어진다는 비판에 귀를 기울여야 한다. 만일 국가 장래를 좌우할 인재 양성에 걸림돌이 되는 제도나 관행이 있다면 과감하게 공론화를 통하여 개선책을 모색하는 것은 국민의 공복이 해야 할 당연한 소임이다.

2003.10.31

사교육 이대로 방치할 건가?

사교육비로 인하여 가정이 무너지고, 경제의 발목을 잡는다는 분석은 어제 오늘의 얘기가 아니다. 과외비를 마련하기 위해 빚을 지는 가정이 늘어나는가 하면, 어머니들은 부족한 교육비를 마련하기 위해 부업을 찾아 나서고, 그마저도 여의치 않으면 아예 교육 이민을 떠나기도 한다. 교육 문제를 풀어가야 할 전문가들마저도 우리나라 부모들의 유난스런 교육열이 존재하는 한 특별한 대책이 없다며 한숨부터 쉬고 있다.

내년 교육인적자원부의 예산은 정부 부처 가운데 가장 많은 26조 3,904억 원이다. 이렇게 많은 예산을 쓰는데도 국민들은 여전히 공교육에 대한 불신을 떨쳐내지 못한 채 사교육에 의존하고 있다. 연간 30조 원에 이를 것으로 추정되는 사교육비는 이미 공교육비를 추월한 지 오래다. 통계청 발표를 보면 올 2분기 도시근로자 가구당 월평균 사교육비 지출이 지난해 같은 기간에 비해 42.4%나 늘었다고 한다. 장기화한 경기 침체에도 사교육비 지출은 계속해서 늘어나 가계의 주름살은 더욱 깊어가고 있다.

상황이 이러니 '학원공화국', '과외공화국'이라는 비아냥이 틀린 말은 아닌 듯싶다. 문제는 늘어나는 교육비로 인하여 사회의 기초가 되는 가정이 송두리째 흔들리고 있다는 점이다. 교육비를 감당하지 못한 채

빚더미에 올라앉는 가정이 속출하면서 사회문제가 되고 있다. 가계 지출이 생산적인 부문으로 유입되지 않으며 경기침체를 더욱 부채질하고 있는 것도 걱정이다. 더 큰 문제는 사교육 시장이 일부 부유층에 의해 독점되고 있다는 사실이다. 강남 8학군 출신 학생들의 명문대 진학률이 치솟으며 부모들의 경쟁심은 더욱 확대되고 있다.

돈과 실력은 정비례한다는 인식이 확산되면서 사교육비 문제는 국민통합과 국가발전의 최대 걸림돌로 대두되고 있다. 사교육의 늪에 빠져 신음하는 국민들을 구하지 않고는 선진국 진입은 구호에 그칠 공산이 크다. 사교육비의 심각성을 알고 있는 교육당국도 특별한 대책이 없다고 볼멘소리로 일관할 것이 아니라 진지하게 머리를 맞대고 해결방안을 찾기 위해 팔을 걷어붙이고 나서야 할 것이다.

우리의 실정과는 분명 다르지만 대학까지 사교육비 걱정 없이 자녀를 기르는 대다수 유럽 국가들의 사례는 좋은 귀감이 될 것이다. 사교육비 문제는 국민 모두가 이해 당사자인 만큼 방안 마련이 쉽지 않지만 한가지 원칙이 있다. 교육정책은 소수 기득권 세력이 아니라 고통받는 다수를 위해 존재한다는 점이다. 국민들은 문제를 풀어갈 소신 있는 교육행정을 목마르게 기다리고 있다.

2003.11.14

'국민의 대통령'을 기다리며

온 나라가 정치인들의 도덕성 문제로 들끓고 있다. 국민의 눈과 귀, 입은 온통 베일에 싸인 정치자금의 출처에 모아지고 있다. 사이버 공간에는 연일 부도덕한 정치인들을 질타하는 네티즌 의견이 홍수처럼 쏟아지고 있다. 벼랑 끝 정국은 검찰의 대선자금 수사와 대통령 측근 비리 특검법안이 맞물려 한치의 양보도 없이 팽팽하게 대립하고 있으며, 국민은 행여 정치 공황 상태에 이를까 마음 졸이며 지켜보고 있다.

당장 염려되는 것은 극단적인 충돌로 그동안 피땀 흘려 쌓아온 성과가 일시에 물거품으로 사라질 수 있다는 점이다. 우리는 6년 전 IMF라는 거대한 풍랑을 겪으며 국가 좌초의 위기를 경험한 바 있다. 하루아침에 직장에서 쫓겨난 가장들은 거리로 쏟아졌고 철도·지하철역에는 수많은 노숙자가 모여들었다. 다행히 온 국민이 뼈를 깎는 고통을 참아가며 기울어가던 나라를 가까스로 일으켜 세운 기억이 생생하다.

국민은 지난날의 경험을 통하여 선장의 중요성을 뼈저리게 실감했다. 선장의 역할에 따라 배가 안전할 수도 있고 좌초할 수도 있음을 깨달은 것이다. 지난해에는 노무현 대통령을 향후 5년 동안 '대한민국호(號)'를 이끌어갈 선장으로 선출했다. 국민이 노 대통령에게 나라의 운명을 맡길 때는 어두웠던 군사정권 아래서도 굽히지 않는 소신과 국가를 사랑하는 열정을 믿었기 때문이다.

이제 노 대통령은 청와대 입성과 함께 정치인으로서의 목표는 거의 이룬 셈이다. 남은 것이 있다면 임기를 마친 후의 역사적 평가라 할 수 있다. 그러나 지금까지의 대통령직 수행 결과만 놓고 보면 실망스런 점이 있는 것도 부인할 수 없는 사실이다. 대통령의 능력에 비해 국민의 기대가 지나치게 높았던 것은 아니었는지, 아니면 대통령이 소신을 펼쳐보기도 전에 훼방을 놓고 비난만 앞세우지는 않았는지 자성이 필요한 대목이다. 그러나 이 모든 문제도 결국은 대통령이 풀어야할 짐이다.

그러면 국민은 대통령의 어떤 모습을 원하고 있는가? 답변은 간단하다. 지난주 말 국적 회복을 위해 단식 중이던 재중 동포를 찾아 따뜻하게 위로해준 것처럼 흉작으로 망연자실한 농심(農心)을 어루만지고, 날씨가 추워지며 더 큰 실의에 빠진 수재민을 보살피며, 각종 범죄로 불안에 떨고 있는 국민에게 안심하고 생업에 종사할 수 있는 강력한 치안과 사교육 문제로 골머리를 앓고 있는 교육계의 현실, 국가의 장래가 걸린 이공계 기피 현상, 청년 실업문제 등 민생을 최우선으로 챙기는 대통령이라 할 수 있다.

또 외국에 자주 나가는 '세일즈 대통령'도 필요하다. 수출로 먹고사는 나라가 물건을 팔지 못하면 어떻게 살겠는가? 우리 제품의 우수성을 홍보하는 데 대통령만큼 유리한 자리는 없을 것이다. 지금 세계는 자국 상품을 하나라도 더 팔기 위해 팔을 걷어붙이고 나선 판국인데 대통령이 안방에서 정치권과 다투는 것은 국익에 아무런 도움이 되지 않는다. 우리 상품이 진출한 곳이면 어디든 찾아가야 한다. 더불어 기업인들이 정치적 족쇄에서 벗어나 기업활동에 전념할 수 있도록 여건 조성에도 힘써야 한다. 이런 대통령이라면 누군들 탓하겠는가?

많은 국민은 노 대통령을 믿고 있다. 그런 만큼 노 대통령도 국민의 뜻을 분명히 파악해야 한다. 국민은 과거처럼 어려운 국면마다 승부수를 던져 위기를 타개하는 정치인 노무현이 아니라, 강한 리더십과 포용력을 바탕으로 국정을 안정적으로 이끌어가는 대통령을 요구하고 있다. 1년도 지나지 않은 임기를 고려한다면 그동안의 시행착오는 얼마든지 극복하고도 남을 것이다. 혹시 믿었던 측근들이 기대를 저버렸다면 추상같이 단죄하고, 개운찮은 뒷맛을 남긴 채 정국의 뇌관으로 잠복해 있는 재신임 문제나 특검 수용 문제도 국력 소모를 최소화하는 선에서 빨리 마무리지어야 할 것이다.

산적한 민생 법안은 거들떠도 안 보고 총선 승리만을 염두에 둔 정치권의 극한 대립을 보면서 이 나라엔 꿈이 없다며 차라리 이민을 떠나고 싶다는 국민도 있다. 대통령까지 실망스럽게 비쳐진다면 국민은 도대체 누구를 믿고 따라야 하겠는가? 대통령이 먼저 변해야 한다. 당장은 고통이 따르더라도, 후손에게 부끄러움 없는 국가를 물려주기 위해서는 대통령부터 환부를 도려내는 고통을 감내해야 한다. 임기는 독 안의 쌀처럼 줄어들게 마련이다. 표는 국민이 주는 것이고, 식물국회에 대한 심판도 국민이 할 것이다. 그만큼 민심은 두려운 것이다.

2003.12.1

현직교사가 이총리에 거는 기대

이해찬 총리 인준안이 국회를 통과했다. 격동의 1970년대 민청학련 사건으로 투옥되는 등 운동권의 대표적 인물로 꼽히던 그가 정치에 입문한 뒤 5선 의원의 관록을 쌓으며 교육 수장을 거쳐 재상의 자리에까지 오른 것이다. 서슬 퍼런 권력 앞에 숨죽이던 암울한 시절을 생각하면 실로 엄청난 변화라고밖에 달리 표현할 말이 없다.

국회 인준에 앞서 총리로서의 경륜과 자질을 가늠해 보는 인사청문회의 주요 쟁점 가운데 하나는 DJ정부에서 교육부장관으로 재직할 당시 추진한 각종 교육정책이었다. 교직사회를 발칵 뒤집어놓은 '교원정년 단축'은 유능한 교사들의 이탈을 자극해 사교육 창궐의 빌미를 제공했고, 지금도 만성적인 교사 부족의 원인이 되었다. 교사 자존심에 상처를 주고 교단을 황폐화한 '촌지 및 체벌 근절' 대책도 실질적인 효과보다는 각종 부작용만 드러냈다. 결국 교사를 개혁의 동반자가 아닌 개혁의 대상자로 몰아 교단의 갈등을 부추긴 꼴이 되고 말았다.

'이해찬식' 교육정책의 최대 피해자는 뭐니 뭐니 해도 학생이라 할 수 있다. 보충수업과 자율학습을 폐지하고 특기·적성 교육을 강화, 한 분야만 잘하면 대학에 진학할 수 있다고 공언함으로써 '공부 안 해도 대학 간다'는 잘못된 인식을 심어 전반적인 학력저하 현상을 초래했다. 수능에서 '재수생 강세'란 말도 이때 생겨났다. 갈팡질팡하는 입시

제도와 교육정책으로 '이해찬 세대'라 불린 학생들은 오늘날 청년 실업의 '주역'으로 전락하고 말았다.

이처럼 교육계 의사를 무시한 채 일방적으로 추진한 정책은 지금까지도 교단의 혼란과 갈등을 부추기는 요인으로 지적받고 있다. 이런 점때문에 총리 인준에 교육계가 그토록 극구 반대하고 나선 것이다. 특히 90%가 넘는 교원들이 반대할 정도로 그 반발이 만만치 않았음을 고려할 때, 향후 이해찬 총리의 행보에 적잖은 영향을 미칠 것으로 보인다.

어쩌면 이 총리 개인은 교육계의 반발이 서운할지도 모른다. 소신과 열정을 갖고 추진한 정책이 다소 미흡했더라도 교육개혁의 첫 단추를 꿰었다는 점에서 나름대로 평균점수 이상은 된다고 판단할지 모른다. 교육전문가 중에서는 시대적 상황과 학부모 요청을 감안하면 장관으로서도 어쩔 수 없었을 것이라는 견해도 있다. 물론 시시비비를 분명하게 가리는 것도 중요하겠지만 그렇다고 지나치게 과거에 얽매이는 것은 더욱 바람직하지 않다.

예로부터 재상이란 '백성을 먹여 살리고 올바른 길로 가도록 가르치는 벼슬아치'를 의미했다. 따라서 뛰어난 지식과 원만한 인품으로 나라와 백성을 위해 헌신하는 자질을 갖춘 선비만이 재상의 반열에 오를 수 있었다. 역사를 돌이켜보더라도 위대한 성군(聖君)곁에는 언제나 뛰어난 재상이 있었다.

어진 인품으로 만인이 우러러본 고구려의 을파소, 신라를 반석에 올려놓은 거칠부, 고려 문화의 중흥을 이끈 최승로, 뛰어난 지혜로 태종을 위기에서 구한 하륜, 이순신을 천거하는 등 인재를 보는 눈이 탁월한 유성룡 등이 임금과 백성에게서 두루 존경 받은 명재상으로 꼽히는 인물들이다. 조선 역사에서 가장 위대한 군주로 꼽히는 세종도 주변에 맹사성·황희 같은 학식과 인품을 두루 갖춘 재상이 있었기에 빛나는 업적을 남길 수 있었다.

난세일수록 명재상이 그리워지는 것은 당연하다. 이번에도 역시 코드인사였다는 세간의 비아냥을 불식할지는 어디까지나 신임 총리의 향후 행보에 달려 있다. 지금까지는 날카롭고 냉정하며 독불장군처럼 제 주장만 내세운다는 지적이 있었던 만큼, 이제부터는 어머니처럼 부드럽고 따뜻한 이미지로 상대방을 존중하고 배려하는 포용력을 발휘해야 할 것이다. 임금은 하늘이 내고 재상은 백성이 낸다는 말이 있다. 비록 국민의 전폭적인 지지 속에 시작한 임기는 아니지만 맡은 바 소임을 마치고 자리에서 물러날 때, 지금과는 다르게 많은 국민이 우러러보며 아쉬워하는 총리가 되어주길 바란다.

2004.7.1

사교육을 권하는 사회

내년에 중학교 입학을 앞두고 있는 초등학교 6학년 딸아이의 과외 문제로 며칠 동안 골머리를 앓았다. 평소 딸아이의 수학 성적이 신통치 않아 속을 끓이던 아내에게 마땅한 과외 자리가 있다는 옆 집 아주머니의 귀띔은 마치 구세주나 다름없었다. 남편만 허락한다면 지금이라도 당장 시작할 태세였다.

현재 하고 있는 학습지와 다니고 있는 학원만으로도 아이가 버거워 하는데 아무래도 과외까지는 무리가 아니겠느냐는 말에 아내는 손사래를 쳤다. 한 마디로 그 정도는 요즘 아이들에게 기본이라는 것이다.

아이들이 어렸을 때는 잘 몰랐으나 학년이 높아지면서 사교육의 거대한 위력을 실감하지 않을 수 없다. 문제는 공교육의 기반마저 송두리째 뒤흔들고 있는 '사교육 열풍'이 수그러들기는 커녕 점점 더 확산되고 있다는 점이다. '남들이 시키면 나도 시킨다'는 빗나간 경쟁심리와 '학교에만 맡겨놓을 수 없다'는 불안심리로까지 이어지고 있다.

많은 교육전문가들은 직업에 귀천(貴賤)이 있다는 왜곡된 의식을 만들어낸 출세지상주의, 일정한 시스템을 거쳐야만 부와 권력에 동참하거나 세습할 수 있다는 학벌주의 등을 고질적인 교육병의 원인으로 꼽는데 주저하지 않는다. 물론 이같은 가치 전도(顚倒)의 이면에는 우리네만의 유별난 교육열이 자리하고 있음은 주지의 사실이다.

어찌됐든 권력이나 물질처럼 수요에 비해 공급이 절대적으로 부족한 사회적 희소가치를 얻기 위해서는 사실상의 유일한 통로라고 할 수 있는 교육에 모든 것을 투자할 수밖에 없는 현실이다.

물론 학부모들도 공교육의 중요성은 익히 알고 있다. 그렇지만 현실적으로 공교육이 사교육의 질을 능가할 수 없다고 믿고 있는 것도 사실이다. 그러니 자녀의 성적이야 오르든 말든 무조건 학원에 보내거나 과외를 시켜야만 안심할 수 있다는 '사교육 중독' 현상마저 나타나고 있는 것이다.

엄청난 사교육 열풍의 최대 피해자는 뭐니 뭐니 해도 아이들이라 할수 있다. 초등학교에서도 5·6학년 쯤 되면 학교수업을 마치고 몇 군데 학원까지 거치다보면 밤 10시를 넘겨 귀가하기 일쑤라니 무슨 여가(餘暇)가 있겠는가?

굳이 과외가 필요하다면 다른 부모들처럼 밑져야 본전이라는 심정으로 아이의 등을 떠밀 수도 있었으나 공교육에 몸담고 있는 처지를 감안했을 때 선뜻 결정을 내리기가 쉽지 않았다.

누구보다도 공교육을 신뢰하고 소중히 여겨야할 처지임은 분명했으나 맹모삼천지교(孟母三遷之敎)라는 말처럼 '부모는 자식을 위해서라면 어떤 희생도 감수할 수 있다'는 아내의 의견을 설득할 명분도 마땅치 않았다.

이래저래 깊어가는 고민 끝에 내린 결정은 공교육에 대한 믿음이었다. 비록 내 자식이 조금 손해 보는 일이 있더라도 학교를 믿는 것이 더 중요하다고 생각했기 때문이다. 어쩌면 이런 고민은 이 땅에서 자식을 키우는 모든 부모라면 한번쯤은 겪어야할 통과의례인 듯싶어 그 안타까움이 더 클 수밖에 없었다.

2004.12.15

대학개혁 신호탄 될까

일단 실망스럽다. 노무현 대통령의 인사스타일이 아직도 바뀌지 않았다는 점에서 그렇다. 참여정부 출범부터 군수출신 행자부 장관, 영화감독 출신 문광부 장관, 최초의 여성 법무부 장관 등에 이르기까지 개혁을 기치로 내건 실험적 인사는 급기야 헌정 사상 유례가 없는 경제관료 출신 교육부총리의 기용으로 이어졌다.

당장 교육계부터 반발이 만만치 않다. 사사건건 정책과 이념의 차이로 마찰을 빚던 각종 교육단체들도 이번에는 한 목소리를 내고 있다. 경제도 제대로 챙기지 못했던 분을 교육 수장에 기용한다면 이는 교육의 특수성과 전문성을 짓밟는 처사라며 일단 부정적인 운(韻)을 띄었다. 그러니 또다시 산적한 교육현안은 제쳐두고 대립각만 세울까 걱정스럽다. '김진표 카드'의 최대 약점은 전문성 결여다. 물론 경제부총리 재임 시절에도 틈나는 대로 교육에 훈수를 둔 일은 있다. 우수인재를 양성하기 위해서는 교육분야도 경쟁을 통해 수월성을 확보해야 된다며 시장원리를 누차 강조했다. 듣기에 따라서는 마치 교육을 경제의 하위개념 정도로 이해하고 있다는 오해를 불러일으킬 소지도 있어 교육철학의 부재를 걱정하는 목소리도 많다.

미약하지만 희망을 품어보기도 한다. 우스갯소리로 대한민국 교육문제만큼은 예수님도 해결할 수 없다는 탄식이 교육자들 입에서 나올 정도라면 이미 교육 자체의 내부 조절기능이 상실됐다고 볼 수 있다. 그만큼 병이 깊다. 그동안 교육 전문가 출신의 교육 수장을 꾸준히 임명했어도 난마처럼 얽힌 교육문제를 속 시원히 풀어내지 못했다는 점에서 차라리 외부 인사의 영입이 더 효과적일지도 모른다.

그런 면에서 노대통령은 여론의 반발을 무릅쓰면서까지 대학개혁의 적임자를 물색한 듯싶다. 그것은 서울대 개혁의 산파역을 자임했던 이기준 전 서울대 총장이나 경제통으로 불리는 민주당 김효석 의원 그리고 우여곡절 끝에 교육수장으로 낙점된 김진표 의원이 하나같이 시장경제의 원리에 능통하다는 점이다. 결국 외부인사의 영입을 통해서라도 더 이상 경제와 대학교육이 따로 노는 상황을 방치하지 않겠다는 뜻으로 해석할 수 있다.

사실 우리 대학교육이 제구실을 못하고 있다는 지적은 어제 오늘의 얘기가 아니다. 실제로 지난달 한국개발연구원(KDI)이 국가경쟁력 평가기관인 스위스 국제경제개발연구소(IMD)의 보고서를 인용해 발표한 결과에 의하면 조사대상 30개 국가 중 한국의 대학교육경쟁력은 사실상 최하위나 다름없는 28위로 나타났다.

그에 비해 경제협력개발기구(OECD)가 만 15세(고1) 학생들을 대상으로 실시한 학업성취도 국제비교연구(PISA)와 국제교육평가협회

(IEA)가 만 13세(중2) 학생들을 대상으로 조사한 수학·과학 성취도 국제비교연구(TIMSS) 결과를 보면 우리 청소년들이 부문별로 최상위권에 위치해 세계 최고 수준의 학력을 갖춘 것으로 나타났다. 그러니 우수 학생 유치에만 혈안이 된 대학이 인재양성은커녕 오히려 인재를 고사시킨다는 지적이 하나도 틀린 것이 아니다.

사실 교육 수장은 잘해야 본전이라는 말이 있다. 그만큼 교육 정책에 따라 당사자들의 이해관계가 달라지기 때문에 영광보다는 질타가 쏟아지는 가시방석같은 자리라고 할 수 있다. 세계 유일의 강대국 미국의 강점은 뭐니 뭐니 해도 대학교육에 있다. 한 해에도 노벨상을 몇명씩 배출하는 대학의 경쟁력이 미국 경제를 떠받치고 있다.

이제 더 이상 흉내만내는 대학개혁만으로는 국가의 장래를 기약할 수 없다. 따라서 대학개혁은 어디까지나 세계적인 경쟁력을 갖춘 명품(名品) 대학의 육성에 초점이 모아져야 할 것이다. 신임 교육부총리가 역점을 두고 추진해야할 과제가 바로 이 부분이다. 물론 개혁에는 반발이 따르게 마련이다. 예상되는 어려움을 감수하면서까지 고양이 목에 방울을 달 수 있는 적임자가 '김진표 카드'라면 일단 기대를 갖고 지켜볼 필요가 있다.

2005.2.4

청백리가 그리운 시대 2

꽃지 해안 砂丘에 담긴 의미

안면도에 있는 처가에 들렀다가 인근 꽃지 해수욕장을 찾았다. 드넓은 바다를 앞에 두고 오염되지 않은 맑은 공기를 마시며 조용히 마음을 가다듬으려 했던 생각은 주차장에 들어선 순간부터 빗나가기 시작했다. 국제 꽃박람회의 주행사장으로 활용되었던 꽃지의 아름다운 해안은 단기간에 걸친 거대한 개발의 상흔만을 남긴 채 본래의 모습을 잃어가고 있었다.

어린 시절에 보았던 꽃지의 풍경은 한 폭의 맑고 깨끗한 수채화처럼 청초한 모습이었다. '꽃이 피었다 떨어지는 자리'라는 아름다운 이름을 지닌 꽃지는 해안선을 따라 곱게 피어난 해당화와 푸른 하늘이 담긴 바닷물을 감싸 안고 드넓게 펼쳐진 백사장과 더불어 멋진 조화의 물결을 만들어 냈다. 특히 부드럽고 예쁜 굴곡의 사구(砂丘)와 울창한 송림을 배경으로 고즈넉이 서 있는 할미바위와 할아비바위를 휘감고 떨어지는 낙조의 장관(壯觀)은 말로 다할 수 없는 비경(秘境)이었다.

현재의 꽃지는 예전의 모습을 거의 상실했다고 볼 수 있다. 맨발로 걸어도 비단처럼 보드라운 감촉이 느껴지던 백사장은 곳곳에 자갈과 뻘이 드러나 있다. 빼곡히 들어차 안면도의 명물로 손꼽히던 적송(赤松) 단지는 무분별한 행락시설 개발로 듬성듬성 남아 있고, 물감을 풀어놓은 것처럼 맑고 푸르던 바다는 온갖 오폐수를 견디지 못해 흐리고 혼탁한 물로 바뀌었다. 특히 그림처럼 아름답던 해안 사구는 해변도로에 묻혀 자취를 감춘 지 오래다.

꽃지의 해변은 수직으로 세운 거대한 콘크리트 구조물 안에 갇혀 있다. 구조물 위에는 자동차가 다닐 수 있는 해변도로가 있고, 밤을 대낮같이 밝힐 수 있는 수많은 가로등이 줄지어 서 있다. 도로 옆에는 온갖 숙박시설과 음식점이 들어서 있다.

사구 위에 들어선 거대한 콘크리트 구조물은 많은 부작용을 드러내고 있다. 바닷물의 흐름을 막아 지하수를 고갈시키고 밀물 시 파도의 흐름을 흡수하지 못하는 강한 반발력으로 인하여 백사장의 모래를 바다로 휩쓸리게 한다. 연약한 지반 위에 세워진 콘크리트 구조물은 곳곳에 균열이 생겨 심하게 뒤틀리거나 침하가 진행되는 등 아까운 혈세(血稅)만 낭비하고 있다.

서해안의 대다수 해수욕장은 해안 사구가 발달해 있다. 해안 사구는 자연경관이 뛰어나고 육지와 바다 사이에 있는 퇴적물의 양을 조절해 해안을 보호하며, 각종 희귀 동식물이 서식하는 생태계의 보고(寶庫)라고 할 수 있다. 이렇게 중요한 해안 사구는 그동안 '쓸모없는 모래땅' 정도로 치부되었고 이 틈을 노린 개발론에 힘이 실리며 원상회복이 어려울 만큼 무차별적으로 훼손되었다. 콘크리트에 뒤덮인 꽃지의 해안 사구가 그것을 입증한다.

이렇게 자연을 망가뜨리는 개발은 단기적인 이익에 집착하기 때문이다. 한 치 앞을 내다보지 못하는 문명의 오판은 지금도 인류의 생존에 엄청난 위기를 불러들이고 있다. 이와 같은 이유로 스페인의 발렌시아 시는 무분별한 해안 개발로 인한 피해를 뼈저리게 경험하고, 개발된 해안사구 지대를 사들여 건물과 도로를 철거하고, 사구를 원상태로 복원하는 중이라고 한다. 해안의 관광지 개발이 환경을 파괴할 뿐만 아니라 해안에 지어진 시설을 유지하기 위하여 막대한 세금이 들어가고 있기 때문이다.

인간은 자연의 지배자가 아니라 자연의 한 부분일 따름이다. 인간은 자연을 찾아 잠시나마 문명의 때를 씻고 마음의 위안을 받으며 재충전의 기회를 삼는다. 가장 자연스러워야 할 바닷가마저 콘크리트 구조물로 뒤덮여 있고, 조용해야 할 해변이 자동차 소음에 파묻힌다면 그것은 이미 휴식 공간이 아니라 또 다른 '공해 공간'이 될 것이다.

꽃지를 진정으로 사랑한다면 지금과 같은 상처투성이의 모습을 후손에게 물려주어서는 안 될 것이다. 꽃지의 해안을 덮고 있는 온갖 콘크리트 구조물을 걷어내고 아름다운 해안 사구를 되살려야 할 것이다. 당장은 반대 세력이 많을 터이고 엄청난 예산이 소요되겠지만 인내심을 갖고 추진한다면 이루지 못할 일도 아니다. 복원된 꽃지의 해안 사구는 후손들의 생명을 지켜줄 것이 분명하다.

2003.6.2

우리가정 손길은 따뜻한가?

　교사의 보람은 뭐니 뭐니 해도 담임 역할에 있다. 10년이 넘는 담임 경력 중에서 아직도 잊혀지지 않는 아쉬움이 있다. 그것은 어쩌면 담임의 한계에 대한 자각이기도 했다. 초임 교사 시절을 막 벗어날 무렵으로 기억된다. 모처럼 담임 배정을 받아 설레는 마음으로 개학날을 맞았다. 그런데 학년 초부터 밥먹듯이 결석하는 녀석이 있었다. 아이는 착해 보였으며 특별한 이유를 발견할 수 없었다. 그렇게 한달 정도 지나자 이젠 완전히 모습조차 보이지 않았다. 아이의 신상조사란에는 양친 부모가 엄연하게 존재하고 있었으나 연락을 취할 방법이 없었다.

　퇴근 후에 수첩에 적힌 주소대로 아이의 집을 찾아 나섰다. 한참을 헤맨 끝에 허름한 양옥의 2층 다락방에 세 들어 사는 집을 찾아낼 수 있었다. 다행히 아이는 집에 있었다. 방안에는 담배연기가 자욱하고, 불량스러워 보이는 또래의 아이들이 교복을 입은 채 누워 있었다. 아이를 불러내 학교에 나오지 않는 이유를 물었다. 한참을 머뭇거리던 아이가 어렵게 입을 열었다. 두 달 전쯤에 부모가 이혼했고, 자신과 동생은 아무런 기약 없이 이곳에 남겨졌다는 것이다. 눈물이 그렁그렁한 아이의 눈엔 부모에 대한 원망의 빛이 가득했다.

　어찌됐든 학교만은 다녀야 한다는 담임의 간곡한 설득에도 아랑곳하지 않고 아이는 결국 자퇴서를 내고 말았다. 부모로부터 버림받았다는 충격을 극복하기에는 아직 어린 나이였다. 그 후로 아이의 소식은 전혀 알 수가 없었다.

해가 갈수록 부모의 갈등으로 인한 편부나 편모 학생이 늘어가고 있다. 가정이 흔들리고 있다는 증거다. 세 집당 한 집이 이혼하고 있다는 통계청 자료는 요즘 우리 가정의 현실을 여실히 보여주고 있다. 하루 평균 360쌍 이혼, 한해 평균 13만 쌍 이혼, 이혼율 세계 2위, 기하급수적으로 증가하는 황혼 이혼 등등. 특히 심각한 것은 이혼 연령대가 20대 후반에서 30대 중반까지 집중되어 있어 한창 부모의 사랑과 관심을 받고 자라야 할 자녀들이 부모의 이혼으로 인하여 심각한 정신적 공황 상태에 빠진다는 점이다.

가정은 인간의 사회화 과정에서 가장 근본적인 역할을 수행한다. 이런 이유에서 가정은 사회적 관습에 따른 올바른 가치판단의 기준이 형성되는 곳이다. 그래서 가정의 부모는 아직 미성숙 상태에 있는 어린 자녀를 안정적으로 성장, 발전시킬 의무가 있다. 부모로부터 배운 각종 생활양식과 규범은 아이에게 그대로 전수되어 학교교육으로 연결된다. 따라서 가정에서 부모의 역할은 아이의 일생을 좌우한다고 보아도 과언이 아니다.

가정교육이 아이의 인성과 가치관을 형성하는 데 중점이 두어졌다면 학교교육은 사회에 적응할 수 있는 조화로운 인간 육성에 그 목적이 있다. 그러나 입시 중심의 지식교육에 치중할 수밖에 없는 열악한 학교교육의 현실에 비춰보면 개개인의 정서를 중심으로 한 인성교육은 어느 정도 한계가 있을 수밖에 없다. 따라서 아이의 심성 발달과 개성 발견은 사실상 가정교육에 의존해야만 하는 상황이다.

예로부터 우리 조상들은 부부의 인연은 하늘이 정해주는 것으로 믿고 다소의 갈등이나 어려움이 있어도 자손들에게 미치는 영향을 고려해 가정만큼은 포기하지 않았다. 한창 성장기에 있는 자녀들에게 부모로서 사랑은 못줄망정 평생 지워지지 않을 깊은 상처를 남기는 것은 그 어떤 명분으로도 설득력이 없다. 가뜩이나 학교교육이 제 역할을 못하고 있다는 비판의 목소리가 높아가는 마당에 가정에는 문제가 없는지 냉철한 반성이 필요한 시점이다.

2003.6.19

문화유산 지우는 사회

빙허 현진건은 우리 국민에게 널리 알려진 소설가다. 과거와 마찬가지로 지금도 학생들이 배우는 교과서에 현진건의 작품은 약방의 감초 격으로 등장한다. '빈처' '고향' '운수좋은 날' '술 권하는 사회' 'B사감과 러브레터' 등 그가 남긴 작품들은 한결같이 일제하에서 수탈받고 고통받던 우리 민족의 애환을 사실적으로 그려내고 있다.

이처럼 식민지 시대를 온몸으로 지켜온 빙허의 고택이 감쪽같이 철거된 사실이 드러났다. 관할 구청인 종로구청과 상급기관인 서울시가 수수방관하는 사이 또 하나의 소중한 문화유산이 사라져 버린 것이다. 1936년 동아일보 사회부장으로 재직할 때 베를린 올림픽 마라톤에서 우승한 손기정 옹의 일장기 말소사건에 연루돼 1년간 옥고를 치른 빙허는 이 집에 머물면서 일제의 탄압에 맞서 새로운 세계를 지향하는 장편 역사소설 '무영탑'과 '흑치상지' 등의 작품을 집필했다.

빙허는 오욕으로 점철된 일제 암흑기를 온몸으로 밝힌 횃불 같은 존재였기에 후손들이 그 업적과 자취를 기리는 것은 당연한 도리라 할 수 있다. 그럼에도 불구하고 빙허의 고택이 철거됐다는 것은 참으로 애석한 일이 아닐 수 없다. 더욱 안타까운 것은 이 고택의 멸실과 함께 빙허의 삶과 관련된 모든 흔적이 지워졌다는 것이다. 빙허의 대구 생가와 소설 '빈처'를 집필한 관훈동 고택도 이미 사라진 지 오래다. 빙허의 숨결은 이제 그 어느 곳에도 남아 있지 않다.

　개발의 논리를 앞세운 정책으로 인해 문화예술인들의 흔적이 이처럼 지워지고 있다는 점은 실로 유감이 아닐 수 없다. 문화예술가들이 남긴 작품도 중요하지만 삶의 모습이 담긴 유산이야말로 물질로 따질 수 없는 소중한 가치를 지닌 것이다. 이제라도 서울시는 철거된 부지를 매입, 현진건의 삶과 문학을 기념하는 장소로 꾸며 후세 교육의 장으로 삼아야 할 것이다.

2003.12.8

청백리가 그리운 시대

국민의 공복이라는 정치권 인사들의 계속된 비리에 넌더리가 날 지경이다. 마치 고양이에게 생선을 맡긴 격이나 다름없으니, 그들을 믿고 온갖 어려움을 참아내며 성실하게 일터를 지킨 서민들이 받은 마음의 상처는 쉽게 아물지 않을 듯싶다. 백성의 생활이야 어떻든 오로지 권력욕에만 사로잡힌 그들에게 무슨 기대가 남아있겠는가.

사상 최악의 경기는 IMF때보다 어렵고, 교육은 더 이상 망가질 수 없을 정도로 만신창이가 됐으며, 기업은 각종 규제와 정치권 눈치를 보느라 투자를 망설이고, 채산성 악화를 이유로 공장은 해외로 이전하기에 바쁘다. 400만명에 이르는 신용불량자의 양산으로 사회 기초인 가정이 흔들리고, 오륙도·사오정·삼팔선에 이어 이태백(이십대의 태반이 백수라는 뜻)이라는 신조어까지 등장할 만큼 실업문제는 국민의 목을 조여 온다. 사정이 이런데도 비리와 부정은 계속되니 애꿎은 국민의 속만 숯검정처럼 까맣게 타들어갈 뿐이다.

'윗물이 맑아야 아랫물이 맑다'는 속담처럼 국가를 통치하는 사람들은 그 영향력을 고려해 언행에 각별히 신중을 기해야 한다. 위정자들이 먼저 나서서 부정을 저지른다면 국민은 국가 정책을 불신하고 그 결과 심각한 사회적 혼란이 유발되게 마련이다. 참여정부가 출범한 지 1년이 다 되도록 국민에게 신뢰받지 못하는 이유도 따지고 보면 그들의 최대 장점이던 도덕성이 훼손된 데 기인했다고 볼 수 있다.

성심을 다해 대통령을 보필해야 할 사람들이 오히려 대통령 후광을 이용해 검은 돈을 수수한 죄로 줄줄이 쇠고랑 차는 모습을 보며 그들이 내세운 참신성에 실망하지 않을 수 없다. 어디 그뿐인가? 변변한 자원도 없어 오직 수출만이 살 길인 나라에서 국민의 대표라는 사람들은 기업에 도움은 못줄망정 근로자들이 피땀흘려 벌어들인 돈을 차떼기로 받아내어 선거자금으로 썼다니 후안무치도 이럴 수는 없을 것이다.

세상이 혼탁할수록 백성들의 사표가 된 청백리가 더욱 그리워진다. 우리 역사에서 세종대왕만큼 훌륭한 성군도 없을 것이다. 세종대왕이 소신을 갖고 국정에 임할 수 있었던 것은 주변에 있는 많은 신하들 중 필요한 인재를 발탁하여 활용하는 남다른 안목이 있었기 때문이다.

이 가운데는 신숙주, 정인지, 권제 같은 학식 높은 신하들도 있었으나 황희나 맹사성 같은 청렴한 정승들이 있었기에 백성의 신뢰를 얻어낼 수 있었다.

또 조선 중종 때 판중추부사를 지낸 송흠을 비롯하여 조선왕조 500년 역사에서 가장 오랫동안 관직에 머물러 있었던 정원용도 대표적인 청백리로 꼽을 수 있다. 특히 정원용은 72년 동안 관직에 머무르며 영의정까지 오른 인물로서 평생을 검소한 생활로 일관한 청백리 정승으로 알려져 있다. 선조 당시, 관직에서 물러난 후 누옥에 거처하는 충신을 걱정한 임금이 '그대가 보이는 모든 땅을 가지시오' 라고 말하자 '바늘구멍으로만 보이는 곳을 갖겠다' 고 답한 정승 이원익의 일화는 지금도 널리 알려져 있다.

'인사가 만사(萬事)' 라고 했다. 대통령은 지금이라도 사심을 버리고 국민을 위해 헌신적으로 일할 수 있는 인물을 가려 뽑아야 마땅할 것이다. 단지 고락을 함께했다거나 선거 승리에 공이 있다고 자리를 챙겨주는 식의 인사 관행이 오히려 나랏일을 그르친 선례는 역대 정권을 통하여 얼마든지 확인할 수 있다. 물론 처음부터 그러지는 않겠지만 갑작스레 높은 자리에 오르면 공인으로서의 소명의식이 흐려질 수 있다. 따라서 어떤 자리를 맡겨도 사심을 버리고 국리민복을 위해 성심을 다하는 인물을 발탁하는 것이 대통령이 할 일이다. 예로부터 뛰어난 인물을 곁에 두는 것도 위정자의 능력으로 꼽았다.

지난해 말 대한불교 조계종 종정 법전(法傳)스님이 해인사를 방문한 노무현 대통령 부부에게 선물한 '국정천심순 관청민자안(國正天心順 官淸民自安:나라가 바르면 천심이 순응하고 관청이 맑으면 백성은 저절로 편안하다)' 이라는 글귀가 자꾸만 떠오르는 시절이다.

2004.1.15

'위안부 누드'와 연예인의 책무

 탤런트 이승연씨가 종군위안부 할머니들이 사는 '나눔의 집'을 찾아 용서를 구한 데 이어 제작사가 19일 1차 촬영 분 사진과 동영상 필름을 소각함으로써 '위안부 누드' 파문이 일단 진정됐다.

 종군위안부 문제는 아직도 당사자와 그 가족의 가슴에 천추의 한으로 남아 지금까지도 무겁게 짓누르고 있다. 매주 수요일이면 어김없이 일본대사관 앞에 찾아가 항의집회를 여는 위안부 할머니들의 피맺힌 절규가 아직도 생생한 상황에서 그 기막힌 사연을 얼마나 안다고 누드를 통해 역사를 규명하겠다니 그 후안무치한 발상에 치가 떨릴 뿐이다.

 이번 일을 계기로 연예인의 사회적 책무를 한번쯤 짚고 넘어가야 할 것이다. 자라나는 청소년에게 연예인의 일거수일투족은 항상 관심의 대상이다. 어쩌면 가정이나 학교에서 배우는 것보다도 연예인에게서 받는 영향이 더 크다고 볼 수 있다. 그럼에도 불구하고 일부 연예인의 끝없는 추문과 일탈행위는 정도를 넘어 사회적 문제로까지 비화되는 실정이다.

 연예인은 대중의 인기를 먹고 살아간다. 그런 만큼 진정한 연예인이라면 대중을 두려워할 줄 알아야 할 것이다. 몇해전 생명이 경각에 달린 상황에서도 출연료 한푼 받지 않고 불편한 몸을 이끈 채 흡연의 폐해를 알린 광고에 출연한 고 이주일 선생의 모습을 생생히 기억하고 있다. 생명이 다하는 순간까지 대중에게서 받은 사랑을 조금이라도 돌려주고 떠나려 한 선생이야말로 진정한 연예인으로 칭송받기에 부족함이 없을 것이다.

연예계는 이번 누드 사건을 이승연씨 개인의 일로만 미루지 말고 땅에 떨어진 신뢰 회복의 계기로 삼아야 할 것이다. 대중의 사랑을 먹고 사는 연예인에게 대중의 사랑이 식었다면 어떤 처신이 따라야 할 것일까? 참으로 답답할 뿐이다.

2004.2.21

'등산문화' 이대로 좋은가

지난 주말, 모처럼 화창한 날씨를 맞아 가족과 함께 인근에 있는 산을 찾았다. 등산로 주변에는 겨우내 움츠렸던 초목들이 하나둘 기지개를 펴며 싱그러운 봄소식을 전하고 있었다. 물 오른 나뭇가지에는 봉긋한 새순이 수줍은 듯 얼굴을 내밀고 겨우내 얼어붙었던 땅에는 이름 모를 풀이 무성하게 짙어오며 향기로운 숲속에는 새들의 노랫소리가 맑게 울려 퍼졌다. 계절을 바꿔 입은 자연은 생명의 경이로움 그 자체였다.

마침 일요일이라, 산으로 향하는 길에는 단풍의 물결처럼 형형색색의 옷으로 차려입은 등산객들로 가득했다. 최근 체험학습을 강조하는 학교교육의 영향 탓인지 자녀들과 함께 산을 찾은 부모들도 꽤 많았다. 모처럼 아름다운 자연 속에서 아이들과 함께 이런저런 얘기를 나누며 즐거운 마음으로 산을 오르기 시작했다.

점심시간이 가까워지자, 등산로 주변에는 타인의 시선 따위는 아랑곳하지 않은 채 아무렇게나 자리잡고 앉아 음식물을 먹는 사람들이 눈에 띄게 늘어났다. 힘든 산행 끝에 가까스로 정상 부근에 도달하자 이번에는 마치 무슨 동네잔치라도 벌어진 듯, 각종 음식물을 펼쳐놓고 자리를 차지해버린 단체 등산객들로 인해 제대로 쉴 곳조차 없었다. 다른 사람들의 불편은 안중에도 없는 듯 오로지 나만 즐겁고 편하면 된다는 식이었다.

앉아있는 사람들의 주변에는 버려진 음식물 찌꺼기를 비롯한 각종 쓰레기들이 실종된 양심처럼 나뒹굴고 있었다. 버리는 사람은 있어도 줍는 사람은 어느 곳에도 없었다. 산행으로 지친 몸과 마음을 다스릴 여유도 없이 서둘러 산을 내려오기 시작했다. 행여나 학교에서 자연을 보호하고, 공중 예절을 지켜야 한다고 배웠을 아이들이 걱정되었기 때문이다.

주5일 근무제가 확대 시행되면서 자녀들과 함께 산을 찾는 가족들이 점차 늘어나고 있다. 지금과 같은 '등산문화'라면 환경오염은 차치하고라도 부모를 따라나선 자녀들의 '정신건강'마저 위협받게 될 것이 분명하다.

늘어나는 등산 수요만큼 등산 의식의 변화도 요구된다. 진정 산이 좋아 산을 찾는 사람이라면 음식물 반입을 원천적으로 차단하거나 아니면 지정된 장소에서만 음식물을 먹도록 하는 선진국의 수준 높은 '등산문화'부터 배워야 할 것이다.

2004.4.16

태안 신두리 사구 보존해야

충청남도 태안군 원북면 신두리 해변은 우리나라에서 유일하게 원형이 보존돼 있는 해안 사구(沙丘)지대다. 이곳이 1990년대 들어 군사보호구역에서 해제된 뒤 토지소유주들이 재산권을 행사하며 개발의 시비가 끊이지 않자, 급기야 지방자치단체가 나서 개발을 제한하고 원형을 보존하기 위해 소송까지 제기할 정도였다.

신두리의 해안 사구는 겨울철에 강한 북서풍을 타고 날아온 모래가 쌓여 만들어졌다. 금가루를 뿌려놓은 듯한 모래 언덕은 끝없이 이어진 바닷가를 호위하듯 에워싸고 있으며, 비단결처럼 고운 모래 틈에는 초록의 계절을 그리워하는 생명들이 부끄러운 듯 서서히 고개를 들고 있었다. 불모의 땅처럼 보이는 이곳에도 생명의 경이로움은 화려한 잔치를 준비하고 있었다.

신두리의 해안 사구는 희귀 동식물의 보고(寶庫)로 알려져 있다. 모래땅에서 살아남기 위해 2m가 넘는 뿌리로 수분을 빨아올리는 통보리사초를 비롯한 다양한 사구식물이 서식하고 있으며, 광범위한 해당화 군락은 서해안에서는 거의 유일하게 신두리 사구에만 남아 있다.

예전에 파란 보리밭 사이로 날아와 봄소식을 전해주던 종다리와 천연기념물로 지정돼 보호받고 있는 황조롱이도 이곳에서 둥지를 틀고 있다.

모래에 깔때기 모양의 함정을 만들어 독특한 방법으로 먹이를 사냥하는 일명 개미귀신이라 불리는 애명주잠자리애벌레, 초지에 방목한 소의 배설물로 경단을 빚어 땅속으로 굴려가 먹이로 사용하는 왕소똥구리, 온몸에 표범 무늬가 있는 표범장지뱀, 왕권의 후계를 상징하듯 등에 두 개의 금줄이 선명한 금개구리 같은 멸종 위기의 희귀종도 서식하고 있다. 이처럼 신두리의 사구지대는 인간과의 공존에서 밀려난 생명체의 마지막 은신처였다.

　그러나 이곳도 개발의 물결은 미처 피할 수 없었던지 바다가 가장 잘 보이는 중간 부분의 사구는 걷어져 석축이 쌓였고, 그 위엔 건물이 들어차 있었다. 원시의 모습이 남아 있을 것으로 기대했던 것과는 달리 해변의 사구 일부는 훼손됐고, 지금도 사구에는 건물들이 속속 들어서고 있었다.

　해변에서 바라본 사구는 몹시 위태로워 보였다. 만약 이곳마저 개발의 물결에 휩쓸린다면, 인간도 자연에서 버림받을 것이라는 두려움이 엄습해 왔다.

　선진국에서는 사구를 버려진 모래땅이 아니라 인간의 생존과 관련된 귀중한 자원으로 인식해 철저하게 보호하고 있다. 그것은 자연생태계에는 경제 논리로 따질 수 없는 숨은 가치가 내재돼 있다는 의미이

기도 하다. 신두리 사구의 사례는, 세수(稅收) 확보를 위해서라면 수단
방법을 가리지 않고 개발이란 미명 아래 국토의 곳곳을 파헤치고 있는
지방자치단체의 무원칙한 개발 정책에 경종을 울리는 계기가 돼야 할
것이다.

2004.4.22

안타까운 기러기 아빠의 비극

며칠 전 또 한명의 '기러기 아빠'가 세상을 등졌다. 이번에 숨진 사람은 억대 연봉을 받는 은행의 중견 간부로, 외동딸의 유학에서 비롯된 외로움이 빌미가 된 것으로 알려졌다. 자식 교육이 아무리 중요하더라도 가족의 가치를 뛰어넘을 수는 없다.

가족은 인간의 삶에서 가장 친밀한 관계로 생존의 의미를 부여하기에 그만큼 소중한 것이다. 그럼에도 불구하고 해마다 1만 5,000명에서 2만명의 새로운 '기러기 아빠'가 탄생하고 있다니 실로 난감한 일이 아닐 수 없다.

오죽하면 엄청난 경제적 부담과 정신적 공황까지 감수하면서 처자식과 생이별한다는 말인가? 그만큼 이 땅의 교육여건이 열악하다는 방증이다. 학교에 들어가기 무섭게 아이들은 입시 경쟁에 휘둘려야 하고, 부모들은 엄청난 사교육비 부담에 짓눌려야 한다.

아이들은 자신의 생각을 펼쳐볼 기회도 없이 각종 학원과 과외로 하루해가 모자랄 지경이다. 천신만고 끝에 들어간 대학이라고 사정은 다르지 않다. 전공보다는 취직공부로 4년을 보내야 하고, 대학을 졸업하고도 마땅한 일자리 찾기가 쉽지 않다. 10년 넘도록 공부한 영어는 외국인을 만나면 주눅부터 드니 무슨 재주로 이 땅의 교육에 희망을 걸겠는가?

해마다 늘어나는 '기러기 아빠'는 국익에도 도움이 되지 않는다. 사회의 기초가 되는 가정의 붕괴는 물론이고 무역수지 악화의 주된 요인이 되고 있다. 한국은행에 따르면 작년 한 해 동안 유학과 연수비 명목으로 지급된 대외비용이 자그마치 18억 5,220만달러로 3년 만에 2배나 급증한 것으로 나타났다. 소중한 달러가 자식들의 유학비용으로 썰물처럼 빠져나가고 있는 것이다.

맹자의 어머니도 자식의 교육을 위해서 세 번이나 이사했다는 격언처럼 이 땅의 부모들은 자식들의 교육을 위해서라면 어떤 희생도 마다하지 않는다.

이런 교육열이 있었기에 오늘의 우리가 있었음도 잘 알고 있다. 그러니 자식교육에 대한 우리 부모들의 지극 정성을 탓할 수만은 없다. 문제는 이 땅에서 낳은 자식들을 오죽하면 외국까지 보내겠느냐는 그 절박한 심정의 이해에 있다. 그만큼 우리 교육이 안고 있는 환부가 크고 깊다는 뜻이다.

교육 주권을 수호한다는 미명아래 국수주의에 사로잡힌 교육관으로는 국가의 장래를 기약할 수 없다. 교육이라고 시장경제의 원리에서 예외가 될 수는 없다. 우리 교육에도 희망의 빛이 보인다면 외국에 나갔던 자녀들도 다시 돌아올 것이 분명하다. 이제라도 우리 교육의 경쟁력을 강화하기 위한 방안 마련에 중지를 모아야 할 것이다. 우물 안 개구리 식의 '안방 교육'이 지속되는 한, '기러기 아빠'의 안타까운 사연은 계속될 것이다.

2004.5.6

아직도 싹쓸이 관광인가

얼마 전 학생들을 인솔하여 중국으로 수학여행을 다녀온 일이 있다. 불과 10년 전만 해도 해외로 수학여행을 떠나는 것은 상상할 수도 없었으나, 이젠 높아진 국력에 걸맞게 이웃 나라로 수학여행을 떠나는 것쯤은 흔한 풍경이 되었다. 학생들도 모처럼 학교에서 벗어나 이웃 나라의 문화와 역사를 체험할 수 있는 현장 학습의 기회로 여겨, 출발 전부터 방문국의 자료를 찾아 정리하는 등 큰 기대를 갖고 있었다.

설레는 마음을 안고 베이징공항에 도착했다. 입국 심사를 마치고 출구를 나서자마자 가장 먼저 눈에 띈 것은 한국의 단체 관광객을 환영하는 한글 피켓의 물결이었다. 얼마나 많았으면 이곳이 마치 낯선 이국땅이 아니라 한국이라는 착각이 들 정도였다. 그런 현상은 3박 4일의 여행 기간 내내 계속되어 관광지, 쇼핑점, 식당가 등 가는 곳 마다 한국인을 만날 수 있었다.

며칠 동안 잠을 못 이루며 수학여행을 고대했던 학생들의 눈에 비친 모습은 사소한 것 하나도 배움의 연장이기 마련이다. 그러나 교과서에서 배웠던 중국의 역사와 문화 그리고 풍속을 직접 체험함으로써 지식과 견문을 넓히겠다는 당초의 취지는 한국 어른들의 볼썽사나운 모습으로 인하여 훼손될 수밖에 없었다.

교육적 목적을 띤 수학여행이었음에도 불구하고 현지에서 일정을 담당한 가이드는 가는 곳마다 꼭 상품점에 들렀다. 부모로부터 용돈을 받아 온 학생들의 호주머니가 가볍다는 것을 알면서도 자신들의 잇속을 챙기기에만 급급한 모습이었다. 상품점 안에는 다양한 국가의 사람들이 있었으나 역시 대다수는 한국인이었다. 어떤 상품점은 아예 한국인들만 찾는 곳도 있었다.

관광지의 상품점에 붙여 놓은 물건의 가격은 턱없이 높아 보였고 파는 사람에 따라 가격도 천차만별이었다. 상인들은 속으면 좋고 아니면 그만이라는 식이었다. 마음만 먹으면 흥청망청 물건을 구입하는 한국인에게 바가지를 씌우는 것쯤은 식은 죽 먹기처럼 보였다.

아무리 우리 돈의 가치가 높다 해도 턱없이 비싼 고가의 상품을 주저 없이 구입하는 사람들은 예외 없이 한국인이었다. 국내에서 듣던 '싹쓸이 관광'이라는 말이 결코 과장된 표현이 아니라는 사실을 확인할 수 있었다.

유럽에서 온 것으로 보이는 벽안(碧眼)의 외국인들은 구경만 할 뿐 좀처럼 물건 구매를 망설이는 모습이었다. 그들은 저렴한 물건에도 쉽게 손이 가지 않았다. 그만큼 관광에 대한 인식이 우리와는 근본적으로 차이가 있어 보였다.

해외여행에 나선 사람들의 헤픈 씀씀이로 인하여 국내 경제에 주름살을 드리운다는 지적은 어제오늘의 얘기가 아니다.

한국은행이 발표한 연간 국제수지 추이에 따르면 지난해 우리나라의 여행수지 적자 규모가 47억 3,220만달러로 경제협력개발기구(OECD) 30개 회원국 중 3위권에 해당할 정도로 사상 최고를 기록하며 고질적인 국제수지 악화 요인으로 꼽혔다. 올해 들어서도 여행수지 적자는 줄어들기는커녕 눈덩이처럼 계속 불어나고 있다. 뼈 빠지게 일해서 벌어들인 외화가 무분별한 해외여행으로 인하여 썰물처럼 빠져나가고 있는 것이다.

게다가 돈 쓰고 뺨 맞는 격이라고 해외 언론에서는 한국인들의 '보신 관광', '도박 관광', '골프 관광', '싹쓸이 관광' 등 왜곡된 관광 행태를 꼬집으며 연일 조롱거리로 삼고 있다.

세계화 시대에 과거처럼 정부 차원에서 무작정 해외여행에 규제를 가할 수는 없는 노릇이다. 그것은 외국인들이 우리나라를 자유롭게 찾아오듯이, 우리 국민도 외국에 자유롭게 나갈 수 있어야 상호 교류의 원칙에도 맞기 때문이다. 다만 해외여행에 대한 인식이 외화를 낭비하는 소비 중심에서 타국의 문물과 제도를 이해하는 문화 중심으로의 전환은 필요하다.

모든 일정을 마치고 베이징공항에 들러 단체 관광객으로 보이는 한국 어른들과 함께 출국 절차를 밟았다. 중국 현지에서 구입한 각종 물건을 화물로 부치고도 모자라 커다란 가방을 몇 개씩 들고 비행기에 오르는 한국 어른들의 모습을 아이들이 어떻게 생각할지 자못 걱정이 앞섰다.

2004.6.15

이혼을 가볍게 여기는 나라

담임을 맡은 학급의 아이들일수록 정확한 신상 파악은 무엇보다 중요하다. 아이가 자라온 과정이나 현재 처한 가정환경을 담임교사가 이해하는 것은 효율적인 생활지도의 관건이라 할 수 있다. 아이 신상과 관련하여 해마다 급격하게 변화를 실감하는 부분이 있다. 결손가정 아이가 늘어난다는 점이다.

한창 부모의 관심과 사랑이 필요할 나이에 결손가정이 된다는 것은 학교 교육에 부정적 영향을 미칠 수밖에 없다. 결손가정의 아이는 학교생활에 소극적이며 때론 반항적이다. 또 정신적인 상처로 인하여 의욕을 잃고 쉽게 자포자기 상태에 빠지기도 한다.

2년째 담임을 맡은 아이가 있다. 착한 심성에 비해 얼굴엔 늘 짙은 그림자가 드리워져 있다. 누구보다도 열심히 공부하는 듯했으나 성적은 늘 제자리였고, 날이 갈수록 말수도 줄었다. 가정환경을 어렵사리 파악한 결과, IMF이후 가정형편이 어려워지자 부모의 다툼이 잦아져 결국 이혼을 하기에 이르렀다. 부모의 이혼은 아이에게 감당하기 어려운 짐을 얹어주고 말았다.

부모의 이혼이 자녀 의식에 부정적 영향을 미친다는 사실은 각종 조사에서 이미 밝혀졌다.

지난달 서울가정법원 소년자원보호자협의회가 전국 초·중·고생

2,286명과 '비행청소년' 495명 등 총 2,781명을 대상으로 설문조사한 결과에 따르면 44.7%가 '상황에 따라 이혼할 수도 있다'는 견해를 보였다. 이는 청소년들이 가정해체를 유연하게 받아들인다는 의미로, 자칫하면 이혼이 자라나는 세대의 문화적 양상으로 자리잡을 수 있다는 점에서 우려하지 않을 수 없다.

또 '비행청소년'의 경우 38.8%만이 친부모와 함께 살며, 친부모와 함께 살지 않는 이유는 이혼이 52.5%로 가장 많았다. 일단 부모의 이혼을 경험한 아이들은 그만큼 탈선과 방황의 길로 접어들기 쉽고 각종 범법행위에도 노출될 여지가 큰 것이다. 결손가정 아이들을 보듬고 올바른 길로 이끌어야 할 학교도 인성교육보다는 입시교육에 치우쳐 제구실을 못하기는 마찬가지다.

가정은 사회의 뿌리라 할 수 있다. 지금과 같이 가정해체가 급속도로 진행된다면 국가경쟁력에도 치명적인 손상을 끼칠 것이 분명하다. 아이들이 이혼을 가볍게 여긴다면 그런 나라에 무슨 희망이 있겠는가? 정부 당국은 가정이 흔들리면 국가도 흔들린다는 점을 명심하고 가정해체의 근본 원인을 파악하여 건강한 가정 살리기에 적극 나서야 할 것이다.

2004.8.21

서울대교수 '공창 발언' 유감

최근 TV 토론에서 서울대 경제학과 이영훈 교수가 일제시대 정신대를 공창 형태의 성매매에 빗댔다는 보도를 보았다. 문제의 발언에 대해 이 교수도 나름대로의 근거와 논리를 바탕으로 주장을 폈다고 해명한 바 있다. 이런 주장은 식민지 근대화론과 궤를 같이 하고 있다. 그런데 공창 운운은 일본의 우익 가운데서도 일부 세력만이 주장할 만큼 편향된 시각이란 지적을 받고 있다.

정신대를 일반적인 성매매와 관련지은 발언은 역사적인 특수성을 고려치 않았다는 점에서 설득력이 떨어진다. 일제의 국권침탈이 아니었다면 정신대 문제가 생겨났겠는가? 정신대 할머니들의 피맺힌 절규가 지금도 이어지는데 학생을 가르치는 교수가 그 기막힌 사연을 두고 그런 말을 할 수 있는가.

우리에겐 광복 후 이승만 정권 때 반민특위에서 실패했던 일제 잔재 제거라는 의무가 남아있다. 모처럼 국민적 합의로 역사의 채무를 청산할 호기를 맞는데 민족혼 바로 세우기에 재를 뿌리는 이 교수의 발언이야말로 지식인의 소명을 저버린 배신행위나 다름없다. 국립 서울대 교수는 국민이 낸 세금으로 녹봉을 받는 만큼 일체의 언행에는 책임이 따라야 한다.

2004.9.20

茶山이 자식들에게 준 가르침

조선 후기의 대표적 실학자인 다산(茶山) 정약용은 그를 총애하던 정조 임금이 승하하자 경상도 장기로 유배에 처해지고, 그해 말 다시 전남 강진으로 옮겨진다. 그곳에서 정약용은 집에 있는 두 아들에게 편지를 쓴다.

"내가 벼슬하여 자식들에게 물려줄 밭뙈기조차 장만하지 못하고 오직 '근(勤)과 검(儉)' 두 글자를 정신적 유산으로 남길 터이니 너희들은 야박하다 여기지 말고 항상 생활 속에서 실천하라"는 내용이었다.

다산은 선비 신분인 자식들에게 책만 읽지 말고 직접 몸을 움직여 나무를 심고 과일을 가꾸며 채소를 재배하도록 당부한다.

즉 살아가면서 헛된 것을 바라지 말고, 자신이 부지런히 노력하여 얻은 결실을 소중히 하라는 뜻이다. 그렇게 얻어진 결실은 함부로 낭비하지 말고 아끼고 절약해야 가난에서 벗어날 수 있으므로 '근(勤)과 검(儉)' 이외에는 어떤 것에도 의지할 바가 없으니 반드시 실천하라고 강조한다. 결국 스스로 노력해서 얻은 결실 말고는 그 어떤 대가도 바라서는 안 된다는 가르침을 담은 것이다.

사회 곳곳에서 '대박 열풍'이 하나의 문화적 양상으로 자리잡아간다. 복권을 포함해 사행심을 조장하는 유혹의 손길은 무수히 널려 있다. 매스컴도 하루아침에 팔자 고친 사람들의 얘기를 줄줄이 쏟아내며 한탕주의를 더욱 부채질한다. '과욕을 부리지 말고 노력에 의한 대가를 소중히 하라'는 다산의 가르침이 무색할 지경이다.

하루아침에 거부의 반열에 올라선 사람이 차분하고 조리 있게 물질을 사용하기란 쉽지 않다. 어차피 피땀 흘린 대가로 얻은 것이 아니기에 흥청망청 쓰게 마련이고 얼마 못가 패가망신했다는 후일담도 심심치 않게 들려온다. 이처럼 일시에 거액의 물질적 만족을 가져오는 대박은 그 이면에 인간의 심성을 파괴하는 무서운 비수를 품고 있다. 따라서 물질은 누가 봐도 땀과 노력이 스며들어 얻어질 때만이 의미 있고 떳떳한 가치를 지니는 것이다.

지난 한해 로또 매출액이 3조 6,000억 원에 이르고, 경마·경륜 같은 레저형 도박의 규모가 무려 14조 원대인 것으로 추정됐다. 이처럼 사행산업이 급성장한 배경에는 요행을 바라는 사회적 분위기와 함께 세수 확보에만 혈안이 된 국가의 정책에도 원인이 있다. 물론 국민의 여가생활을 진작하고 그 수익금은 교육·복지 등 공익을 위해 사용하겠다는 의도를 모르는 바는 아니나 문제는 무슨 일이든 도에 지나치면 탈이 난다는 사실이다.

불안정한 사회일수록 한탕주의가 기승을 부리게 마련이다. 노력에 의한 소득이 아닌, 일확천금을 꿈꾸는 사람이 늘어간다는 것은 분명 사회의 건강을 해치는 일임에 틀림없다. 이처럼 너나없이 대박의 신기루에 사로잡힌 지금 선비인 자식들에게 허황한 마음을 버리고 땀의 가치를 강조한 다산의 가르침이 무엇을 의미하는지 곰곰이 되새겨 보아야할 때이다.

2004.9.25

지조를 팔아먹은 식민사관에 분노한다

독도영유권과 교과서 왜곡 문제 등으로 한일 양국간의 긴장이 고조되고 있는 상황에서 한승조 고려대 명예교수의 넋 나간 궤변이 국민의 가슴에 돌이킬 수 없는 상처를 남기고 말았다. 파문을 일으킨 기고문을 읽어보면 마치 일제의 강압적 국권침탈을 합리화하고 있다는 인상마저 든다. 더군다나 이 기고문은 틈만 나면 독도영유권을 주장하는 일본 내 보수 우익 세력의 주장을 대변하는 잡지에 실렸다.

지난해에도 서울대의 모 교수가 일본 학자들이 조사한 자료집을 근거로 군위안부 문제를 상업적인 목적을 지닌 공창이었다는 주장을 펼쳐 국민적 분노를 촉발한 바 있다.

물론 해당 교수는 자신의 발언에 문제가 있었음을 시인하며 정신대 할머니들께 사죄하고서야 가까스로 파문을 수습할 수 있었다. 이번에 문제가 된 한 교수는 오히려 한 술 더 떠 굴욕을 당했다는 노파를 내세워 보상금을 요구하는 것은 고상한 민족의 행동이 아니라는 망발도 서슴지 않았다.

이처럼 소신을 가장한 일부 지식인들의 무책임한 주장은 일제 식민 시기에 경제성장률이 높았다는 '식민지 근대화론'과 궤를 같이하고 있다. 말하자면 일본의 조선 침략이 잠자고 있던 조선의 빗장을 여는 계기가 됨으로써 비로소 개화의 길로 접어들었다는 논리다. 물론 일찍이

명치유신을 통하여 서구 문물을 받아들인 일본이 한일합방을 통하여 조선의 근대화에 일정 부분 기여한 바 있어도 그것은 어디까지나 대륙 진출을 노린 비열한 야욕의 부산물에 불과하다. 말하자면 남의 나라를 강제로 짓밟고 능욕한 것을 근대화라는 명분으로 희석시킬 수 없다는 얘기다.

한 교수는 일제의 지배를 축복이라고까지 했다. 한 교수의 말이 맞는다면 한일합방 때 나라를 팔아먹은 이완용은 애국자가 되고 나라잃은 분을 참지 못해 자결한 매천 황현 선생이나 국권을 되찾기 위해 살신성인한 도산 안창호나 매헌 윤봉길 그리고 머나먼 이국땅에서 임시정부를 꾸려 항일 운동에 나선 수많은 애국지사들은 반역자가 된다.

또한 일제의 수탈에 생존의 위협을 느껴 제 나라를 버리고 만주와 간도 땅으로 떠났던 수많은 동포들의 피맺힌 사연은 어떻게 설명할 수 있는가?

한 교수는 문제의 기고문에 여론의 질타가 쏟아지자 국민적 분노는 아랑곳하지 않고 평소의 소신이기에 차라리 이 문제가 공론화되기를 기대한다는 뜻을 나타냈다. 마치 제국주의를 합리화하는 일본 내 극우파 지식인들의 선봉이라도 된 듯하다. 이는 학자로서의 소신이라면 지식인의 책무쯤은 헌신짝처럼 내 팽겨칠 수도 있다는 의미로 아연실색하지 않을 수 없다.

한 교수처럼 일체 치하에서 태어나 암울했던 시기를 보내고 해방 후 고려대에서 교수로 재직하며 후학들의 정신적 지주 역할을 했던 동탁 조지훈 선생이 떠오른다.

선생은 4.19혁명이 일어나기 한 달 전, 종합교양지「새벽」에 발표한 '지조론(志操論)'에서 지조란 순일(純一)한 것을 지키기 위한 불타는 신념이요, 눈물겨운 정성이라며 선비에게 지조가 없다면 그가 인격적으로 장사꾼과 창녀와 다를 바가 없다고 강조했다. 물론 여기서의 선비는 국민의 교화를 맡은 지식인을 말함이다.

동탁 선생은 지식인의 언행에는 반드시 책임이 따르므로 나이가 들수록 신중하라는 의미로 '기녀(妓女)라도 늘그막에 남편을 좇으면 한평생 분냄새가 거리낌이 없을 것이요, 정부(貞婦)라도 머리털 센 다음에 정조(貞操)를 잃고 보면 반평생의 깨끗한 고절(苦節)이 아랑곳없으리라'고 했다.

물론 한 교수는 뒤늦게나마 책임을 통감하고 고려대 명예교수직에서 물러났다. 그렇지만 문제의 기고문은 시퍼렇게 살아남아 아직도 일본 땅을 활보하고 있다.

도대체 학자적 소신을 핑계로 국민의 가슴에 대못을 박는 지식인들의 무책임한 필설(筆舌)을 언제까지 참아야만 하는 것인지 답답할 따름이다. 또한 한창 배움의 과정에 있는 청소년들이 지조를 팽개친 학자의 궤변과 요설에 현혹되어 왜곡된 역사관이라도 형성된다면 그것은 더 큰 문제가 아닐 수 없다. 이 땅의 지식인들은 일본의 고이즈미 총리가 주변국의 따가운 시선도 아랑곳없이 전범(戰犯)을 모셨다는 야스쿠니 신사에 해마다 참배하고 있다는 사실은 정녕 모르고 있단 말인가?

2005.3.12

IMF 고통 벌써 잊었는가

8년 전의 IMF를 떠올려 본다. 많은 국민들이 국가 파산이라는 초유의 위기 상황에 얼마나 당혹해하며 불안에 떨었던가? 속빈 강정처럼 빚잔치를 벌인 대가치고는 너무도 혹독한 시련이었다. 하루아침에 멀쩡하던 직장을 잃은 사람들이 거리로 쏟아져 나왔고, 오갈 곳 없는 사람들이 모여든 지하철 역 구내는 노숙자들로 문전성시(門前成市)를 이루었다. 어린 자녀들을 주렁주렁 매단 채 지하도 구석에서 추위와 배고픔에 떨던 사람들과 사회단체에서 하루 한 번 제공하는 급식을 타기 위해 끝도 없이 줄을 늘어선 모습이 방영되던 텔레비전 화면은 지금도 생생하다.

하루가 멀다 하고 이어지는 파업 소식에 이젠 넌덜머리가 날 지경이다. 방송과 언론엔 매일같이 천편일률적으로 붉은 머리띠에 붉은 조끼를 입고 붉은 깃발 아래서 격렬한 구호를 외치며 대치하고 있는 농성장의 모습이 등장한다. 물론 명분 없는 파업은 없겠지만, 업종별로 돌아가며 파업을 벌이는 모습을 지켜보는 것은 여간 곤혹스런 일이 아닐 수 없다. 해마다 봄만 되면 되풀이되던 노사갈등이 올해에는 더위로 지친 한여름에 벌어지고 있다. 국가 경제를 불구 상태로 몰아가는 파업을 언제까지 계속할 작정인가?

물론 오늘의 번영을 이루기까지는 몇 사람의 지도자에 의해서가 아니라 수많은 노동자들의 피와 땀이 모여 이루어졌다는 것은 주지의 사실이다. 국가경제 발전이란 미명하에 그 험난했던 독재정권 아래에서 인권은커녕 기본적인 생계마저 보장받지 못한 채 참혹한 노동에 시달렸던 노동자들과 낯선 이국땅까지 진출하여 몸을 아끼지 않고 일했던 간호원과 광부 그리고 열사의 땅에서 비지땀을 흘리며 외화벌이에 나섰던 근로자들의 처절했던 삶을 어찌 잊을 수 있겠는가? 그들이 있었기에 오늘이 있는 것이다.

그러나 지나친 파업으로 인하여 공든 탑이 무너져 내리고 있다는 징후가 곳곳에서 나타나고 있다. 한국에 진출한 외국계 기업이 공장 철수를 검토하거나 투자계획을 취소하는 사례가 속출하고 있다. 외신들도 한국의 노사갈등을 걱정스러운 눈으로 보고 있다. 미국의 시사주간지 타임(아시아판)은 '죽도록 파업하기'라는 제목의 기사에서 '한국 노동계의 파업이 한국 경제를 빈사상태로 몰아가고 있다'며 경고했고, 영국의 파이낸셜타임스지는 '잇따른 파업으로 한국의 국가경쟁력이 악화될 것으로 우려하는 투자자들이 많다'고 지적했다. 한국은 임금상승률이 생산성 향상을 뛰어넘는 몇 안 되는 공업국이라는 분석도 나오고 있다.

한국인력개발원이 내놓은 자료에 의하면 지난 3년간 156만 개의 일

자리가 사라졌고, 제조업의 공동화가 가속되면서 하루에도 10개의 공장이 문을 닫고 중국을 비롯한 동남아로 이전하고 있다고 한다. 국내는 이제 일자리가 점점 줄어들고 있다.

잇달아 발생한 파업으로 인하여 국가경쟁력은 끝없이 추락하고 있으며 근로자들 사이에서는 위화감이 조성되고 있다. 소위 전문성을 무기로 높은 성과를 얻어낸 사람들은 만족스러울지 모르겠으나 상대적으로 낮은 임금과 열악한 환경에 시달리는 사람들은 상대적 박탈감에 시달리고 있다. 실로 우려하지 않을 수 없는 현실이다.

우리 사회에서 노조의 영향력은 실로 막강해졌다. 그런 만큼 노조의 높은 사회적 책무도 요구된다. 물론 암울했던 시대에 서슬퍼런 권력자와 부도덕한 기업주들로부터 노동자들의 권익을 옹호하기 위해서는 힘을 한데 모을 수밖에 없었다.

그러나 과거와는 비교할 수 없을 정도로 상황이 호전된 지금, 노조의 투쟁방식도 달라져야 한다는 목소리가 많다. 자칫 뿔을 바로 잡으려다 소를 죽인다는 말처럼 혹여 정도를 넘어선 투쟁으로 생존의 근거마저 송두리째 잃게 되는 우(愚)를 범해서는 안될 것이다.

우리는 IMF를 겪으며 국가의 소중함을 절실히 깨달은 바 있다. 당시 쓰러져가는 국가를 살려내기 위해 너나할 것 없이 달러가 될 만한 것이라면 무엇이든 꺼내들고 은행으로 달려갔던 절박함이 아직도 기억 속에 또렷하게 남아 있다. 비록 만족스럽지는 않지만 자신의 자리에서 묵묵히 최선을 다하고 있는 대다수 국민들은 소위 많이 배웠다는 사람들이 벌이는 배부른 투쟁을 애끓는 심정으로 지켜보고 있다.

2005.7.21

공공시설 휴대전화차단기 설치하자

휴대전화 보급대수 3천3백만 대, 휴대전화 보급률(74%) 세계 1위, 세계 최고의 모바일 기술과 인프라를 갖춘 정보기술(IT) 강국 대한민국의 성적표는 정말 화려하다.

인간의 편익을 위해 만들어진 휴대전화도 잘못 사용하면 해(害)가 됨은 물론이다. 휴대전화로 인한 역기능은 주로 많은 사람들이 모이거나 함께 생활하는 공공장소에서 쉽게 확인할 수 있다. 도서관에서 수시로 울려대는 휴대전화 진동음, 공연장이나 전시장 내에서 작품 감상을 방해하는 무분별한 벨소리, 많은 사람들이 이용하는 버스나 지하철이 마치 자신의 안방이라도 되는 듯 큰 소리로 통화하는 몰지각한 모습 등 이루 헤아릴 수 없이 많다.

왜곡된 휴대전화 문화는 교육현장이라고 해서 다를 리 없다. 이제 휴대전화는 초등학생부터 대학생에 이르기까지 자라나는 청소년들의 문화적 트렌드로 자리잡았다. 청소년들의 의사 전달 수단은 과거처럼 말과 쪽지가 아니라 휴대전화 문자 메시지가 대신하고 있다. 그러니 아이들 사이에서 '친구는 없어도 휴대전화는 반드시 있어야 한다'는 말까지 서슴없이 나오는 실정이다.

감각기관을 자극하여 즉시적 만족을 유발하는 휴대전화는 그 특성상 중독성이 강할 수밖에 없다. 특히 한창 배움의 과정에 있는 청소년들이 휴대전화에 탐닉할 경우 자칫 폭넓은 사고력과 강한 인내심이 필요한 학습활동에 방해 요인으로 작용할 개연성이 무척 높다. 흔히 엄지족(양손의 엄지를 사용하여 휴대전화 문자 메시지를 보내는 청소년)이라 불리는 학생들 가운데는 수업 시간에도 교사들의 눈을 피해가며 교묘히 문자메시지를 주고받는다. 이제 교실에서 휴대전화로 인하여 수업의 리듬이 끊어지는 현상은 결코 새삼스러운 장면이 아니다.

휴대전화로 인한 폐해는 지난해 치러진 수학능력시험을 통하여 극명하게 드러난 바 있다. 교육당국은 올해부터 수능시험장에서 수험생들의 휴대전화 소지 여부를 검사할 수 있는 금속탐지기를 도입한다고 발표했다. 휴대전화를 소지하는 것만으로도 부정행위로 간주하겠다는 것이다. 그러니 수험생들은 시험도 치르기 전에 몸수색(?)부터 통과해야 하는 꼴사나운 풍경을 피할 수 없게 되었다.

휴대전화로 인한 폐해가 속출하자 몇몇 시민단체를 중심으로 휴대전화 예절 지키기 운동이 확산되고 있다. 물론 민간 차원의 캠페인 활동도 필요하지만 실질적인 효과에 의문이 있는 만큼 법률적인 장치를 통한 해결 방안 모색도 신중히 검토해 볼 필요가 있다. 말하자면 통신비밀보호법과 전기통신사업법, 전파법 등 일부 조항을 고쳐서라도 학교, 도서관, 공연장 같은 공공시설에 대해서는 국소지역 전파차단기 설치를 의무화할 필요가 있다는 얘기다.

이제 휴대전화는 한 나라의 경제력과 문화 수준의 척도로 인식될 만큼 그 중요성이 날로 부각되고 있다. 따라서 당국은 하루라도 빨리 공론화 과정을 거쳐 휴대전화로 인한 부작용을 최소화할 수 있는 방안 마련에 적극 나서야 할 것이다.

2005.7.26

산 넘어선 논란, 정부가 마무리해야

　서울대 황우석 교수팀의 난자 취득 과정에 따른 윤리 논란이 급기야 세계적인 과학 학술지 〈사이언스〉에 실린 배아 줄기세포 논문의 진위 공방으로 이어져 나라 안이 온통 시끌벅적하다. 장기적인 경기 침체로 인해 어려움을 겪고 있는 국민들에게 황 교수팀의 연구 성과는 '가뭄 끝의 단비' 처럼 반가운 소식임에 틀림없었다. 또한 연구 성과에 따라서는 난치병 환자의 치료는 물론이고 엄청난 국부(國富)를 창출할 수 있다는 장밋빛 전망까지 더해져 그야말로 '황우석 신화' 로 불리기까지 했다.

　이처럼 여론의 전폭적인 지지와 생명공학을 국가경쟁력의 핵심 동력으로 삼겠다는 정부의 확고한 의지까지 더해져 순탄하게 진행되던 줄기세포 연구에 MBC의 간판 시사프로그램인 'PD수첩' 이 의혹을 제기하면서 문제가 불거졌다. 그러자 황 교수팀의 연구 성과를 삶의 희망이자 안식으로 삼았던 국민들은 당혹감을 넘어 분노로까지 이어지며 사태는 걷잡을 수 없이 확산되고 있다. 급기야 MBC 'PD수첩' 은 네티즌의 불매 위협에 위기의식을 느낀 광고주들이 계약을 취소했고, 간판 프로그램인 뉴스데스크마저도 광고주들이 떠나고 있다.

　국민적 기대를 한 몸에 받고 있는 황 교수도 그간 논란이 일었던 난자 취득 과정에 일부 문제가 있었음을 시인했다. 한 점의 의혹도 없다고 했던 과거의 입장을 번복했다는 사실만으로도 신뢰에 금이 간 것은 부인할 수 없다. 물론 국내 생명공학의 열악한 상황에 비춰볼 때, 윤리적 문제까지 충분히 고려할 수 없었다는 점은 충분히 이해할 수 있다. 아직은 미국이나 영국 등 생명공학의 선진국에 비춰볼 때, 사회적 가치 기준과 윤리적 잣대가 미비한 것은 틀림없기 때문이다.

연일 계속되는 의혹이 꼬리를 물며 마치 폭로전을 방불케 할 정도로 극단적인 대결 양상으로 치닫고 있는 점을 실로 우려하지 않을 수 없다. MBC 측은 갈수록 악화되는 여론에도 불구하고 〈사이언스〉에 제출된 줄기세포의 진위 여부는 물론이고 황 교수가 세간의 주목을 받게 된 국내 첫 복제소 '영롱이'에 대한 의혹까지도 포함하여 사운(社運)을 걸고 이번 기회에 진실을 밝혀내겠다며 단단히 벼르고 있다. 상대적으로 침묵을 지키고 있던 황 교수팀도 MBC 측이 제기한 의혹을 일축하는 등 적극적인 공세로 나서고 있다.

문제는 이와 같은 논란이 이미 돌이킬 수 없는 선(線)을 넘었다는 점이다. 결국 모든 진실이 밝혀져야 소모적인 논란도 중지될 수 있다는 점에서 이제는 정부가 나서야 할 차례다. 이번 논란이 국운(國運)을 좌우할 만큼 중대한 사안이었음에도 불구하고 정부는 그동안 강 건너 불구경 하듯 수수방관으로 일관했다. 문제가 불거진 초기 단계에서 정부가 적극적으로 나서서 철저한 검증 작업만 거쳤더라도 벌써 해결됐을 사안이다. 그럼에도 정부 당국자는 황 교수팀과 MBC의 입만 바라보고 적당히 봉합되기만을 기다렸다면 국민의 혈세로 녹(祿)을 받는 공직자의 처신이라 할 수 없다.

황우석 교수는 2003년 모 언론에 '과학은 공리주의에 바탕을 두어야지 철학을 논하고 있을 수만은 없다'는 내용의 칼럼을 게재한 바 있다. 어쩌면 이번 논란은 과학자의 윤리보다는 실용성과 성과만을 강조하는 과학 철학의 부재에서 기인했다고 보는 것이 옳을 지도 모른다. 말하자면 과학이 시장경제의 원리에 따라 생산성과 직결되는 '도구적 이성'에만 충실했지, 그 의미와 관련하여 철학적·윤리적 가치를 천착하는 '성찰적 이성'으로서의 역할은 도외시했다는 얘기다. 그런 면에서 차제에 과학기술과 관련하여 투명하게 정보를 공개하고 사회적인 검증 시스템을 갖출 필요가 있다.

누가 뭐라 해도 황 교수팀의 연구 성과는 우리 국민의 자긍심을 높여준 쾌거임에는 틀림없다. 또한 '황우석 신드롬'에 편승하여 그 어떤 교육정책으로도 풀지 못했던 이공계와 기초과학 기피 현상도 상당 부분 해소되어 이 분야로 젊은 인재들이 몰려들고 있다. 따라서 더 이상의 소모적인 논란은 국익(國益)을 해치는 것은 물론이고 모처럼 찾아온

'과학열풍'에 찬물을 끼얹는다는 점에서 정부는 하루 빨리 의혹을 매듭짓고 후속 대책을 마련한 후, 황 교수팀이 연구활동에만 전념할 수 있도록 모든 지원을 아끼지 말아야 할 것이다.

2005.12.9

책 읽는 사회가 人才 만든다

3

청소년 위해 도서관 건립을

　필자가 근무하고 있는 학교에 아담한 도서관이 문을 열었다. 학생들이 공부에 지치면 이 곳에 들러 교양서적을 읽으면서 여유를 찾게 하자는 취지에서 지은 건물이었으나 큰 기대는 하지 않았다. 그렇지만 결과는 대성공이었다. 개관 첫 날부터 책을 읽고 자료를 검색하고 컴퓨터를 두드리는 학생들로 초만원을 이뤘다. 이런 모습을 보고 필자는 감동을 느꼈고 기성세대가 청소년들에게 해야 할 일이 무엇인가를 생각하게 됐다.

　마이크로소프트사의 빌 게이츠 회장은 "어린 시절 집 근처 도서관이 오늘의 나를 있게 했다"고 말했다. 그는 도서관에서 책을 읽으며 상상력을 키우고 세상 보는 눈을 형성했던 것이다. 빌 게이츠 회장과 그의 기업 마이크로소프트사는 저절로 탄생한 것이 아니라 공공 도서관을 중요시하는 미국의 교육 환경 속에서 성장했음을 보여준다.

　이처럼 선진국에는 마을 곳곳에 도서관이 있다. 도서관 당 인구 비율을 살펴보면 미국은 2만 6,000명, 핀란드는 3,000명, 독일은 3,900명, 덴마크는 4,500명이다. 우리나라는 무려 11만 4,000명이고 시설과 수준도 선진국에 비하면 크게 떨어진다. 우리나라 공공도서관의 연간 도서구입비가 미국의 대학 한 곳의 도서 구입비에도 못 미친다.

　청소년의 마음을 살찌우게 하는 방법 가운데 도서관만한 게 없다. 책을 읽으면서 간접경험의 폭을 넓히고 올바른 인성을 함양하며 창의력을 신장시킬 수 있다. 21세기를 정보화 사회라고 말한다. 새로운 정보를 창출, 활용할 수 있는 능력과 자질을 기르는 것이 국가 경쟁력의 현안으로 대두되고 있다.

이제 우리도 청소년들이 마음껏 책을 읽고 상상력을 키우도록 여건을 만들어줘야 한다. 도서관 건립에 대한 국민적 공감대가 형성되어야 할 것이다.

2002.4.3

'책 읽는 사회'가 人才 만든다

얼마 전 컴퓨터 자료의 백업을 위하여 공(空)CD 몇 장을 구입했다. 딸아이 생일날 음악 CD를 사준 경험으로 최소 몇천 원 정도의 가격을 예상했으나, 실제 가격은 500원도 채 안 됐다. 개인이 컴퓨터를 사용할 때 그 운영체제로 쓰이는 윈도XP 프로그램은 30만 원 정도라고 한다. 그렇다면 이 프로그램을 개발, 판매하고 있는 마이크로소프트의 이익이 어느 정도인지를 상상하는 것은 그리 어렵지 않다.

우리나라의 연간 수출액은 1,500억달러(180조 원) 선이며, 1년 예산은 약 115조 원 정도라고 한다. 그런데 마이크로소프트의 한 해 매출액은 320억달러(38조 4,000억 원)이고, 기업 가치는 4,760억달러(571조 2,000억 원)로 평가받고 있다. 마이크로소프트는 빌 게이츠라는 인물이 있었기에 가능했다. 빌 게이츠는 두 말이 필요 없는 세계 최고의 기업가이며 지식정보산업을 주도하는 국제적 인물이다. 그의 도전적이고 창의적인 지식과 아이디어가 오늘의 마이크로소프트를 만든 원동력이 됐다.

빌 게이츠 회장은 청소년 시절, 틈만 나면 마을의 공공 도서관으로 달려가 문학·철학·과학·예술 등 다양한 분야의 책을 읽으며 상상력을 키우고 세상 보는 안목을 형성했다고 한다. 그는 고등학교에 입학해서도 컴퓨터보다는 다양한 지식의 세계를 경험하는 데 훨씬 많은 시간을 할애했으며, 대학에 들어가서도 컴퓨터 강좌는 한 과목밖에 듣지 않고, 대신 다양한 분야의 과목을 들으면서 교양을 쌓았다. 입시에 매달려 천편일률적으로 교과서의 내용만 암기하는 우리 청소년들의 처지와는 확연하게 달랐다.

빌 게이츠처럼 경쟁력을 갖춘 인재는 거저 얻어지는 것이 아니다. 요란한 구호나 거창한 계획이 아니더라도 국민 각자가 책에 대하여 관심을 갖고 독서 분위기 조성에 모범을 보인다면, 아이들도 얼마든지 따라 할 수 있는 것이다. 책 읽기의 즐거움에 빠진 청소년이 많은 사회는 국가의 미래를 크게 걱정하지 않아도 된다. 왜냐하면 책 속에는 무궁무진한 자원이 매장되어 있기 때문이다. 사람은 책을 읽고, 책은 인재를 만든다는 평범한 사실을 실천하는 사회적 합의가 요구되는 시점이다.

2002.9.11

학교도서관 활성화로 교육과제 풀자

필자가 근무하는 학교에 작고 아담한 도서관이 있다. 작년에 개관한 이 도서관은 몰려드는 아이들로 연일 문전성시(門前成市)를 이룬다. 하루 평균 400명 정도의 학생들이 이 도서관을 이용한다.

도서관을 찾아온 학생들의 모습은 매우 진지하다. 서가에서 책을 고르는 아이, 신문이나 잡지를 보고 있는 아이, 컴퓨터로 필요한 자료를 검색하고 있는 아이, 교과 수업에 필요한 자료를 준비하는 아이, 오디오로 음악을 듣고 있는 아이, 비디오로 학습자료를 시청하는 아이, 세미나실에서 토론하고 있는 아이 등 각자의 관심에 따라 열심히 활동하고 있다.

이처럼 아이들로 가득찬 도서관을 보는 것은 실로 벅찬 감동이 아닐 수 없다. 누가 시킨 것도 아니다. 아이들 스스로 도서관을 찾고 있는 것이다. 학생들에게 대출되는 도서는 월평균 3,000권 안팎이다. 도서관을 자주 이용하는 학생들의 독서량은 월평균 8권이 넘는다. 한달 동안 무려 29권의 책을 읽은 학생도 있다. 이 학생은 학교 사정상 도서관을 개방하지 않는 주말을 제외하면 하루 한권 이상의 책을 읽었다는 것이다.

갈수록 치열해지는 국가간 경쟁에서 학생들의 독서 경험은 국가 발전의 원동력이 될 것이다. 지난해 문화관광부가 조사한 국민 독서 실태를 보면 고등학생의 한 학기 독서량이 6.7권이었다. 1999년 조사 때 7.1권이었던 것에 비하면 줄어든 것이다. 책은 늘어나고 있으나 독서량은 오히려 감소 추세에 있다. 우리나라 고등학생의 월평균 독서량이 겨우 1권 남짓이라는 통계는 실로 우려할 만하다. 이와 같은 결과는 입시 중심의 교육환경에 기인한 바 크지만, 학생들이 책을 가까이 할 수 있는 여건 조성에 인색한 교육당국의 무관심도 한몫했다고 볼 수 있다.

작년 말 현재 도서관이 없는 학교가 전국에 약 2,000여개에 이르고 학생 1인당 평균 도서는 5.5권에 불과하다고 한다. 물론 독서 선진국과 비교하면 초라한 수준이다. 이와 같은 여건을 개선하기 위해 교육부는 2007년까지 연차적으로 1학교 1도서관 설치를 완료하고, 학생 1인당 도서도 10권 이상으로 확충하겠다는 복안을 갖고 있다. 그러나 정작 중요한 것은 외형적인 구색 갖추기가 아니라 아이들이 자발적으로 찾아올 수 있는 도서관을 만드는 일이다. 도서관은 책만 읽는 곳이 아니라 아이들의 다양한 관심이 실현될 수 있는 문화공간이라는 인식이 우선되어야 한다.

필자는 난마처럼 얽힌 열악한 우리 교육의 현실을 풀어가는 해법의 단초를 학교도서관에서 찾아보고자 한다. 학교는 대학 입시를 위한 박제된 지식의 공급 장소가 아니다. 학생들이 창의적 능력을 키울 수 있는 공간이 바로 학교인 것이다. 학생들의 지적 능력을 고양시키기 위해 무엇보다 중요한 것은 학교 도서관의 활성화다. 물론 학생들이 독서에 열중할 경우 입시 준비에 대한 교사나 학부모들의 조바심이 커질 수 있다. 그러나 필자가 근무하는 학교의 경우 도서관 이용률이 높아지면서 학생들의 학력도 덩달아 높아졌다는 사실은 참고할 만한 사례라고 생각한다.

지금처럼 획일적인 입시 중심의 교육이 아이들의 다양한 가능성을 싹부터 자를 수 있다는 점은 교육에 관심 있는 사람이라면 누구나 인정하는 사실이다. 문제는 '점수 따는 기계'로 전락한 아이들에게 창의력과 문제해결력을 길러주는 것으로, 이는 독서를 통하여 성취할 수 있다

영상세대에 걸맞게 다양한 콘텐츠를 갖춘 학교도서관에 아이들이 몰려들고 있다. 도서관은 학교의 문화시설이며 정보화 시대를 선도하는 가장 기본적인 지식 인프라로 체증(滯症)에 걸려 있는 우리 교육의 숨통을 터줄 대안임에 틀림없다.

2003.6.7

책 때문에 화내서 미안해

주말이면 아이들과 함께 충남 서산의 시립도서관을 찾곤 한다. 도서관에서 아이들은 어린이 열람실에 들러 마음에 드는 책을 골라 열심히 읽은 후, 집에 가서 읽을 책까지 대출해 돌아온다. 필자는 도서관 근처에 살다 보니 평소 아이들에게 책을 선물하지 않는 편이다. 읽고 싶은 책은 도서관에 얼마든지 있으니 굳이 책을 사줄 필요를 느끼지 못하는 것이다. 그리고 특별한 경우가 아니면 아이들 용돈은 대부분 도서상품권으로 주기 때문에 자신들이 필요한 책은 얼마든지 사볼 수 있다.

그런데 며칠 전 딸아이의 책장에 새 책으로 보이는 역사전집 50여권이 꽂혀 있었다. 궁금한 마음에 책을 펼쳐 보니 역사적 사실을 재미있는 이야기에 다양한 그림까지 곁들여 아이들이 흥미 있게 접할 수 있을 것 같았다. 아마도 가깝게 지내는 사람들에게 얻어왔나 보다 생각했다.

다음날 아침식사를 하며 내내 어색한 표정을 짓던 아내가 어렵게 말을 꺼냈다. 책의 내용이 너무 좋아 사전에 나의 동의를 구하지 않고 할부로 책을 구입했다는 것이다. 순간, 시간만 나면 아이들에게 책을 읽히려고 수시로 도서관을 찾는 남편에게 한마디도 상의하지 않은 것이 괘씸했다. 우두커니 서있던 아내에게 화난 표정으로 다시 돌려주라는 말을 던진 후 집을 나섰다. 평소 유난히 책을 좋아하던 딸아이가 이 광경을 지켜보고 있었다.

퇴근 무렵이 되어 컴퓨터의 편지함을 살펴보니 e메일 한 통이 도착해 있었다. 딸아이가 보낸 편지였다. "아빠, 저 맏딸이에요. 아빠, 그 책 그냥 두시면 안 되나요? 저 그 책 너무 좋아요. 몇 권 읽어 보니 모르던 역사를 새롭게 알 수 있어 좋았어요. 아침에 아빠가 엄마에게 하시는 말씀을 듣고 저 너무 슬펐어요. 내 수준에 맞는 책을 골랐다 싶었는데……."

　아내가 큰맘 먹고 할부 책을 샀을 때는 그만한 이유가 있었을 것이고, 그 정도는 아내 혼자서 결정해도 될 일이었다. 눈치 빠른 딸아이는 e메일을 통해 서둘러 엄마, 아빠 사이에 화해의 다리를 놓은 것이다. 평소 딸아이에게 책의 소중함을 강조하던 아빠의 모습이 부끄러워진 하루였다.

2003.8.5

자녀와 함께하는 도서관 나들이

화창한 주말을 맞아 딸과 함께 도서관을 찾았다. 시내가 한눈에 내려다보이는 산 중턱에 자리잡은 시립도서관은 주변의 수려한 풍광으로 가족들이 함께 산책하기에도 안성맞춤이다. 눈이 부시도록 푸른 하늘, 숲속에서 들려오는 예쁜 새소리와 곱게 물들어 가는 가을단풍을 바라보며 걷다보니 어느새 도서관에 도착했다.

도서관 한쪽에 위치한 어린이 열람실은 책을 읽으려고 찾아온 아이들과 부모들로 빼곡했다. 책상에 앉아 고사리 같은 손으로 책장을 넘기고 있는 아이, 자료를 찾아서 공책에 옮기느라 바쁘게 손을 놀리는 아이, 서가에서 책을 고르는 아이 등 열람실 안은 독서 열기로 후끈 달아 있었다.

열람실 곳곳에는 아이들과 함께 책을 읽으러 온 부모들의 모습도 눈에 띄었다. 주위에서 어린 자녀들이 텔레비전과 컴퓨터에 빠져 지낸다고 걱정하는 소리가 높지만, 이곳에 찾아온 부모만큼은 자녀들에게 책이 더 재미있다는 것을 몸소 가르쳐주는 듯싶었다.

딸과 함께 책을 고르고 소파에 앉았다. 바로 옆자리에는 초등학교 1학년쯤 되어 보이는 아이와 어머니가 나란히 앉아 권정생 선생님의 〈강아지똥〉을 재미있게 읽고 있었다. 어머니가 작은 목소리로 책을 읽어가자 아이는 재미있다는 듯 귀를 쫑긋 세우고 듣는 모습이 무척 진지해 보였다.

　사람들은 대개 어른이 읽는 책과 아이들이 읽는 책이 다르다고 생각한다. 그러나 한번쯤 아이들의 책을 읽어본 어른이라면 그런 생각이 선입견임을 금방 확인할 수 있다. 어른들도 아이들의 세계를 거쳐 성장했듯이 책 속에 펼쳐진 맑고 순수한 동심의 세계는 바로 어른들이 배워야 할 것이다.

　10분 후에 문을 닫겠다는 사서 선생의 목소리가 들려오자 여기저기서 탄식의 목소리가 흘러나왔다. 아직 읽을 내용이 많이 남았는데 벌써 문을 닫으면 어떻게 하냐는 듯 애원하는 아이들도 있었다. 맞은편에 앉아 책을 읽고 있는 딸을 슬며시 바라보았다. 다소곳한 자세로 예쁘게 앉아 독서삼매경에 빠진 채 솜털 같은 눈을 깜박거리는 아이의 등 뒤로 가을이 익어가고 있었다.

　아침저녁으로 책읽기에 좋은 계절이다. 바쁜 일상이지만 잠시 짬을 내서 자녀들과 함께 도서관을 찾아보는 것은 어떨까

2003.10.20

아빠, 퇴근하면 도서관 걸거지요?

초등학교 4학년에 다니는 큰딸을 데리고 주말마다 도서관에 다니기 시작한 것은 3년 전부터이다. 막 유치원을 마치고 초등학교에 입학하는 아이에게 부모로서 해줄 수 있는 일을 찾던 중 마침 내가 사는 집에서 그리 멀지 않은 곳에 있는 도서관을 생각하게 되었다.

유치원에 다닐 때부터 틈만 나면 TV를 보거나, 컴퓨터하기를 좋아하던 아이였기 때문에 애당초 책읽는 것에는 관심이 없었다. 물론 가족들이 아예 TV를 보지 않거나, 컴퓨터의 코드를 빼놓아도 아이는 좀처럼 책을 가까이 하지 않았고, TV를 보거나 컴퓨터를 하겠다고 떼를 썼다. 녀석에게 때로는 엄한 소리로 꾸짖기도 하고 달래보기도 했지만 백약이 무효였다.

하는 수 없이 생각한 것은 책을 읽는 분위기를 아이에게 보여주어 책에 대하여 친근감을 느끼게 해주기로 했다. 그래서 녀석에게는 아빠랑 같이 산책하자고 하면서 산 중턱에 위치한 도서관으로 향했다. 처음 찾아간 도서관은 개구쟁이 녀석에게는 무척 낯선 공간이었다. 자신보다 큰 사람들이 책상에 앉아서 조용히 무엇인가를 하고 있는 광경과 그 속에서 함께 독서를 하고 있는 아빠의 모습은 지금까지와는 다른 새로운 경험일 수밖에 없었다. 물론 녀석에게 책을 읽으라고 강요하지는 않았다.

처음 몇 번은 빨리 집에 가자고 조르는 일이 많았지만, 그런 과정을 수차례 반복한 후 드디어 일정한 시간이 지나야만 집에 갈 수 있다는 것을 알았다. 그리고 그냥 시간을 보내기보다는 남들처럼 책을 읽어 보겠다는 마음이 생겨나기 시작한 것이다.

한번 책에 관심을 갖게 되니까 녀석은 몰라볼 정도로 책에 빠지기 시작하였다. 이제 주말만 되면 아빠와 함께 도서관에 가는 줄 알았고, 혹시라도 내가 늦는 날이면 저 혼자 도서관에 달려가 책을 보는 것이었다. 책을 읽고 난 후에도 반드시 몇 권은 대출하여 집에 가져와 읽곤 하였다. 그 후로 지금까지 녀석과 나는 주말이면 반드시 도서관을 찾고 있다. 그리고 녀석은 확실히 달라졌다. 책을 통하여 알게 된 지식이 녀석을 빠르게 변화시키고 있었다. 물론 이것은 국가나 일부 단체만의 노력으로 이루어질 수 있는 것은 아니다.

2004.4.30

'독서인증제'를 제안한다

교육당국이 내놓은 2008 대입시안이 표류하고 있다. 바뀐 제도의 적용을 받는 현 중3 학생들의 입시 일정을 고려하여 당초 9월말까지 확정하기로 했으나 일부 사립대학의 고교등급제 논란이 불거지면서 연기되고 말았다. 제도를 자주 바꾸는 것은 바람직하지 않으나 잘못된 점을 개선한다는 관점에서 보면 오히려 바람직할 수도 있다.

2008 대입시안의 핵심은 내신의 강화에 있다. 교과 영역의 가장 큰 변화는 절대평가에서 상대평가로의 전환이다. 그동안 점수 부풀리기로 인하여 내신의 신뢰성을 떨어뜨리는 주요인으로 지목됐던 절대평가를 포기한 것은 일단 긍정적이다. 비교과 영역 가운데 기존의 봉사활동이나 특별활동 외에 새로 추가된 독서활동이 눈에 띈다. 2007학년도 고교신입생부터 교과별 독서활동을 학생부에 기록하겠다는 것이다.

사실 독서는 교육 현장에 있으면서 늘 안타깝게 생각한 부분이다. 한창 감수성이 풍부한 시기의 아이들에게 양서 한 권은 보약이나 다름없다. 그러나 학생들은 입시에서 가시적인 성과가 없다는 이유로 독서보다는 교과서나 참고서에 치중하고 있다. 대학입시가 고등학교 교육의 전부가 된 상황에서 독서는 뒷전으로 밀려날 수밖에 없다. 지난달 한 출판사가 서울 시내 고교생들을 대상으로 조사한 결과를 보면 1년에 2권의 책도 안 읽는 학생이 무려 21%에 이른다.

세계 최고의 기업으로 꼽히고 있는 마이크로소프트의 빌게이츠 회장도 학창시절에 학과 공부보다는 문학이나 철학, 과학과 같은 교양 도서를 탐독하여 다양한 지적 능력을 쌓은 것이 오늘의 성공을 가져온 비결이었다고 강조했다. 이는 비단 빌게이츠에만 해당되지 않는다. 어떤 분야에서든 성공적인 삶을 일궈낸 사람들은 바로 책을 가까이 했다는 공통점이 있다.

아직은 구체적인 방안이 나온 것은 아니지만, 교육 당국이 독서의 중요성을 인식했다는 것만으로도 이번 대입 시안은 한발 앞섰다. 잘만 활용하면 고질적인 병폐—사교육 열풍, 평준화로 인한 교육의 질 하락 등—를 해결할 수도 있다. 문제는 독서를 어떤 방식으로 교육활동의 중심에 올려놓을 것이며 어떻게 하면 신입생을 뽑을 대학에도 객관적인 근거를 마련해 줄 수 있느냐다.

어떤 책을 얼마만큼 적절하게 읽었는지는 본인만 알 수 있기 때문에 독서활동을 학생부에 기록하기는 어렵다. 그렇다고 교사들이 그 내용을 일일이 확인할 수도 없어 자칫하면 형식적으로 흐를 우려가 있다. 따라서 독서활동을 전형자료로 활용하려면 평가가 공정해야 한다. 그런 점에서 독서인증제를 제안한다.

물론 또 다른 형태의 대입과 관련된 시험이라고 할지 모른다. 그러나 현재도 정보, 영어, 한자 등의 분야에서 인증시험이 치러지고 있으며, 그 결과를 학생부에 기록하고 있다. 독서도 학년에 따라 전문가들이 선정한 필독권장도서목록을 제시하고, 다양한 형태의 관련 문항을 통하여 독서의 정도와 내면화 여부를 검증한 후, 그에 합당한 인증을 부여하면 된다. 만약 독서인증이 대학을 졸업하고 직장을 구하는 데도 유용한 자료로 활용된다면 효과는 더욱 클 것이다.

우리 교육이 안고 있는 구조적인 모순을 생각할 때 대학입시만큼은 해결 방안이 없다고 말하는 사람들이 많다. 그러나 이 말이 옳은가를 논하기 전에 이 땅의 미래를 책임진 청소년들이 책 한 권 제대로 읽지 않은 채 오로지 점수 따는 기계로 전락해가고 있는 현실만큼은 더 이상 방치해서는 안 된다. 그런 의미에서 이번 대입 시안에 포함된 독서활동에 거는 기대가 크다.

2004.10.11

휴대전화 끄고 책을 펴자

얼마 전 서울에 출장가면서 시외버스와 지하철을 이용했다. 모처럼 장시간 여행이라 목적지에 도착할 때까지 책을 읽기로 마음먹었다. 그러나 독서 계획은 시외버스에 오르는 순간부터 여지없이 무너졌다. 요란한 휴대전화 벨소리가 수시로 울렸고 주변에 아무도 없는 양 큰 소리로 통화하는 몇몇 승객 때문에 도저히 책에 집중할 수가 없었기 때문이다.

지하철도 사정은 대동소이했다. 남녀노소 할 것 없이 많은 승객이 휴대전화를 손에 꺼내 들고 부산하게 움직이고 있었다. 문자메시지를 보내거나 게임을 하거나 음악을 듣는 등 분위기가 어수선했다.

휴대전화 문화가 독서문화를 잠식해 버린 느낌이었다. 이 상황에서 굳이 책읽기를 강조하는 게 고루하게 들릴지도 모르겠다. 그러나 휴대전화가 아무리 편리하고 재미있다 하더라도 책 속에 담긴 소중한 가치들을 대신할 수 있을까. 결코 그렇지 않다고 본다.

최근 한 조사에 따르면 한국인은 1인당 월평균 1.6권의 책을 읽는다고 한다. 한 달간 단 한 권의 책도 읽지 않은 사람이 무려 43.6%다. 우리나라 국민 두명 중 한명은 책과 담을 쌓고 지낸다는 의미다.

책을 외면하는 사회는 미래가 어둡다고 한다. 그런 나라는 글로벌 경쟁시대에 살아남기 힘들 것이다. 특히 우리의 미래인 청소년들이 말초

적이고 감각적인 영상매체와 휴대전화 등에만 몰두하고 있는 것은 실로 큰 문제가 아닐 수 없다. 정보화 시대에는 지식과 정보가 중요하다는데, 지식의 보고인 책의 중요성도 그만큼 커지는 게 맞지 않을까. 선진국에서는 어디를 가더라도 책 읽는 모습을 쉽게 발견할 수 있다고 하지 않는가.

독서는 문화 · 정보 · 지식의 바탕일 뿐만 아니라 상상력의 원천이다. 흔들거리는 버스를 타고 가는 시간까지 아껴 가며 책을 읽던 그 옛날이 새삼 그립다.

2004.12.7

읽는 즐거움, 누가 가르칠 것인가?

인간은 독서를 통해서 사회생활에 필요한 지식과 정보를 획득하고, 삶을 향한 태도와 가치관을 형성한다. 독서를 통해서 사회는 지식과 정보를 소통·보존하고, 문명과 문화를 유지·계승·발전시켜 나간다. 그렇기 때문에 독서는 개인적 차원뿐만 아니라 사회적 차원에서도 대단히 중요한 것이다. 선진국이나 우리나라의 경우 국가의 지도자가 휴가를 떠나게 되면 반드시 챙기게 되는 것이 책이고, 그 책의 목록은 언론에 공개되는 것이 보통이다. 그것은 국정을 이끌어가는 지도자도 독서를 통해 새로운 지식과 정보를 얻는다는 것을 국민들에게 알림으로써 자연스럽게 독서를 권장하는 효과를 갖게 되는 것이다.

최근 한국출판연구소가 우리 국민들을 대상으로 조사한 결과를 보면 학생들의 독서량이 해마다 감소하고 있는 것으로 나타나고 있다. 특히 학교 급이 낮을수록 감소량이 많고, 학교 급이 높을수록 책을 읽지 않는 것으로 나타났다. 청소년들이 책을 점점 읽지 않는 이유는 다양한 측면에서 논의될 수 있겠지만 아무래도 가장 큰 이유는 독서 환경에 기인한다 할 수 있다. 가정에서나 학교에서 책을 읽으라는 지시적이고 강압적인 명령은 있지만, 실제로 자녀들이나 학생들과 함께 책을 읽는 모습은 찾아보기가 쉽지 않다. 말하자면 기성세대 자신들이 책을 읽는 즐거움을 모르면서 자녀들이나 학생들에게 책을 읽도록 강요하는 것은 분명 모순이 있는 것이다.

독서는 단순히 책을 읽는 것만으로 끝나는 것은 아니다. 자녀들과 학생들이 스스로 관심 분야의 책을 찾아 읽고, 독서 후에도 책을 읽은 것으로 만족하지 않고 책에서 읽은 내용이나 감동을 자신의 경험에 의거하여 새로운 지식으로 내면화시킬 수 있는 능동적인 독서 환경의 조성이 무엇보다 중요하다고 할 수 있다.

우리 아이들이 자라고 있는 주변 환경을 보면 격세지감을 느낄 수 있다. 어릴적 뛰어놀던 냇가와 언덕은 사라진지 오래고, 그 자리에 각종 현대식 건물이 들어서 아이들의 눈과 귀를 자극하고 있는 것이 현실이고 보면, 분명 아이들의 관심과 흥미를 책으로 끌어들인다는 것은 쉽지 않은 일인지도 모른다.

그렇지만 보석처럼 맑고 순수한 우리의 자녀들에게 저녁밥도 거른 채 밤을 하얗게 지새우며 책을 읽던 즐거움과 그 속에 담긴 선인들의 향기로운 지혜의 자양분은 누가 전해줄 것인가? 그것은 바로 그들의 곁에 있는 어른들의 몫이다. 아무리 세상이 바쁘게 돌아가더라도 책을 들고 있는 아버지, 어머니, 선생님의 모습은 TV와 컴퓨터에 빠져있는 아이들에게 서가에 꽂혀 있는 책으로 관심을 갖도록 하는 가장 큰 힘이 될 것이다.

2005.5.6

인구 5만명 도시에 공공도서관이 2개뿐이라니

주말이 되면 온 가족이 함께 찾아가는 곳이 있다. 시내가 한눈에 내려다보이는 산 중턱에 위치한 도서관이다. 아름드리 소나무로 둘러싸인 도서관 주변의 자연 환경은 정신 에너지 충전은 물론 정서 순화에도 더할 나위 없이 좋다.

특히 올해부터 주5일 근무제가 본격적으로 도입되고 학교에서도 월1회 주5일 수업제가 정착되면서 도서관이 가정 경제의 부담을 덜어 주고 가족의 정신적 자양분을 축적할 수 있는 대표적 문화공간으로 꼽히고 있다. 이런 장점 때문에 주말이면 아이들을 동반한 부모와 향학열에 불타는 젊은이들로 도서관은 발 디딜 틈이 없다.

그러나 아쉬운 점도 있다. 인구 5만명이 넘는 도시에 가족이 함께 갈수 있는 공공 도서관이 두 개밖에 없다는 것이다. 그것도 어린이 열람실의 경우, 기껏해야 50명 남짓 이용할 수 있을 따름이다. 이용자가 늘어나면서 의자가 부족해 차가운 바닥에 앉아 책을 읽는 아이도 부지기수다.

그렇지만 이나마도 다행스럽게 여겨야 한다. 주변에 도서관은커녕변변한 책방마저도 없는 지역이 수두룩하기 때문이다. 이들 지역에 거주하는 부모들은 주말이면 아이들과 시간 보낼 일로 골머리를 앓는다고 한다.

학교 공부에만 치중하던 청소년들도 도서관으로 몰려들고 있다. 화두는 대학입시 논술이다. 2008학년도 대입부터 논술이 주요 전형 요소로 부각되면서 독서에 대한 관심이 부쩍 높아졌기 때문이다. 게다가 2007학년도 고교 1학년(현재 중 2학년)부터는 독서결과가 학생부 비교과 영역에 기록될 예정이다.

이처럼 급증하고 있는 독서 수요에 비해 도서관은 크게 부족한 실정이다. 특히 전체 도서관의 90% 이상을 차지하고 있는 학교도서관은 열악한 시설과 전문 인력의 부족으로 겨우 명맥만 유지하고 있는 실정이다. 지식의 생산과 유통을 담당할 공공 도서관의 현실을 살펴보면 더욱 기가 막힌다. 현재 전국에 있는 공공 도서관은 460여 개에 불과하다. 우리나라의 공공 도서관 한 곳의 사용 인구는 10만명. 핀란드 3,200명, 독일 3,900명, 덴마크 4,500명에 비하면 도서관이 턱없이 부족하다. 게다가 지난해 정부가 지원한 공공 도서관의 도서 구입비는 총 134억 원으로 미국에서 한 대학이 사용하는 연간 도서 구입비보다도 훨씬 적었다 한다.

정보기술(IT) 혁명을 주도하며 세계 경제를 이끌고 있는 미국의 빌 게이츠 회장은 "오늘의 나를 만든 것은 시골의 작은 도서관이었다"고 말했다. 말하자면 제도권 교육의 손길이 미치지 않는 도서관에서 보고 싶은 책을 마음껏 골라 읽으며 지식을 쌓고 상상력을 키웠다는 얘기다. 빌 게이츠가 태어난 마을에 공공 도서관이 없었다면 오늘의 마이크로소프트나 게이츠 회장은 존재하지 않았을지도 모를 일이다.

흔히 21세기는 지식정보화 시대라고 한다. 지식도 그냥 지식이 아니다. 현재를 꿰뚫고 미래를 내다볼 수 있는 창조적 지식이 필요한 것이다. 적극적인 투자 없이 인재가 저절로 얻어지는 법은 없다. 그런 의미에서 인재는 사회적 관심과 배려를 먹고 자라는 나무와 같다. 지금 세계는 인재 양성의 동력을 도서관에서 찾고 있다. 도서관에 대한 투자가 곧 국가 경쟁력이라는 인식이 폭넓게 자리 잡은 결과다.

'도서관 없는 나라'에는 미래에 대한 희망도 없다. 설령 실낱같은 희망이 남아 있더라도 그것은 뿌리 없는 부박한 줄기에 불과할 따름이다. 꿀을 따기 위해 꽃을 찾아드는 벌과 같이 지식을 얻기 위해 도서관으로 몰려드는 국민이 늘어날 때, 지식강국 대한민국의 풍요로운 미래는 현실로 다가올 것이 분명하다.

2005.5.6

독서의 즐거움에 빠져보자

조선 중종 때, 내로라하는 선비들의 마음을 흔들어 놓고 급기야 생불 (生佛)이라 불리던 지족선사까지 단 하룻밤 만에 파계시킨 명기 황진이의 미인계도 화담 서경덕에게만은 끝내 통하지 않았다.

천하의 미인을 앞에 두고도 미동도 않은 채 책에 몰두하고 있는 서화담의 인품에 매료된 황진이는 오히려 제자가 되기를 자청했다니 화담의 학문적 경지와 인물됨은 가히 짐작하고도 남는다.

이처럼 한 시대를 풍미한 로맨스의 주역이었던 서화담에게도 그의 마음을 송두리째 빼앗은 큐피드의 화살이 있었으니 그것은 다름 아닌 책이었다. 서화담은 요즘으로 치면 지독한 '책벌레'였다. 책에서 손을 떼지 않을 만큼 독서에 대한 열의가 남달랐고 책을 통해 새로운 이론을 창출하는 등 지식 생산자로서의 역할도 마다하지 않았다.

그의 책에 대한 인생철학은 그의 한시 '독서유감(讀書有感)'에 자연스럽게 드러난다. '배워서 의문이 없게 되면 내 마음 시원하니(學到不疑知快闊), 평생의 허랑함을 면케 할 수 있네(免敎虛作百年人)'란 구절에서 배움(독서)에 대한 애착, 궁구(窮究), 그리고 사물의 이치를 발견하는 즐거움을 읽을 수 있다.

좋은 책 한 권은 훌륭한 스승과 같다. 책 속에는 한 인간의 인생역정과 오랜 기간 연구를 통해 축적된 결과물이 함축돼 있기 때문이다. 이처럼 세상의 이치와 삶의 지혜가 농축된 책은 사람을 바꿀 수 있는 위대한 능력을 갖고 있다. 그래서 윈스턴 처칠은 '책을 다 읽을 시간이 없다면, 최소한 만지고 쓰다듬으며 쳐다보기만이라도 하라'고 충고했으리라.

그러나 우리의 현실은 어떤가. 최근 실시한 '국민독서실태조사'에 따르면 한국인은 1인당 월 평균 1.6권의 책을 읽고, 심지어 한달 동안 한 권의 책도 읽지 않는 사람이 무려 43.6%에 이른다고 한다.

청소년들의 독서 실태는 더 하다. 53.5%의 청소년들이 여가시간을 PC통신, 인터넷 게임을 하는 데 보내고 독서를 한다는 답은 고작 10.5%에 지나지 않는다.

이에 교육당국은 독서활동을 강화하기 위해 2007학년도 고교 1학년 (현재 중 2학년)부터 독서 결과를 학교생활기록부에 기록하겠다고 하고, 2008학년도 입시부터는 독서의 영향력이 큰 논술시험을 강화하겠다고 밝히기도 했다.

그러나 문제는 독서는 자율이지 타율로 강제할 것이 아니라는 것이다. 세계적인 경영학자 피터 드러커는 '지식근로자가 되는 길'에서 '지식근로자의 머리에서 나오는 창조적 지식만이 갈수록 치열해지는 세계경쟁에서 살아남을 수 있는 유일한 방법'이라고 했다.

책읽기에 좋은 계절이 돌아왔다. 아이들은 어른들을 보고 배우게 마련이다. 적어도 독서에 관해서 만큼은 거창한 제도나 규범에 기대기보다는 일상생활에서 우러나오는 자연스러운 독서가 되도록 하자. 올 가을은 책을 평생의 연인이자 동반자로 삼았던 서화담처럼 자녀들과 함께 독서의 즐거움에 푹 빠져보면 어떨까.

2005.10.29

수능에 독서영역을 추가하자

세계화 개방화 시대를 맞아 지식이 곧 국가경쟁력의 핵심이라는 인식이 널리 확산되고 있다. 날이 갈수록 중요성이 높아지고 있는 지식은 대부분 독서의 과정을 거쳐야만 얻을 수 있다. '모든 일에는 때가 있다'라는 격언처럼 독서도 효율성을 고려하지 않을 수 없다. 전문가들은 두뇌활동이 가장 왕성한 청소년기에 책을 읽는 것이 가장 효율성이 높다고 입을 모은다.

그런데 우리의 독서교육은 입시위주의 교육에 발목이 잡혀 수십년째 겉돌고 있다. 그동안 독서교육 전문가로 자처하는 분들이 수많은 방법을 제시했고, 정책 당국도 독서 활성화를 위해 교육과정의 변화나 학교 도서관 지원사업 등 다양한 노력을 기울였으나 이렇다 할 성과를 거두지는 못했다. 입시가 당장 학생들의 진로를 결정하고 심지어는 미래의 삶의 질에까지 영향을 미치는 상황에서 한가하게 책이나 붙잡고 있는 학생들은 거의 없다. 이처럼 치열한 경쟁을 담보로 하는 입시가 존재하는 한 어떤 독서교육도 효과가 없다는 것은 지난날의 경험을 통해 얼마든지 확인할 수 있다.

당국이 내놓은 대입제도 개선안에 따르면 2007학년도 고교 1학년(현재 중 2학년)부터 독서결과를 학생부 비교과 영역에 기록한다는 것이다. 이를 두고 독서전문가들 사이에서도 독서열기 고조의 획기적 전

환점이 될 것이라는 의견에서부터 독서의 성격상 정확한 평가 방법의 개발이 쉽지 않다는 점에서 유명무실해질 개연성이 다분하다는 등 주장이 엇갈리고 있다.

문제는 독서결과의 학생부 반영이 아니다. 고교교육을 송두리째 움켜쥔 대학입시제도가 그대로 존재하는 상황에서는 어떤 제도도 실효성을 거두기 어렵다. 말하자면 병의 뿌리는 그대로 둔 채, 나타난 증상만을 개선하는 방법으로는 결코 건강을 회복할 수 없다는 점이다. 더군다나 독서는 교과학습처럼 즉각적이고 가시적인 효과를 거두기 어렵다는 측면도 고려하지 않을 수 없다.

이열치열(以熱治熱)이란 말이 있다. '열은 열로써 다스린다'는 뜻이다. 독서교육이 국가의 미래를 좌우할 만큼 중요하다면 차라리 입시의 틀 안에서 해결방안을 찾아볼 수도 있다. 즉 수능에 독서영역을 추가하자는 것이다. 그렇게만 된다면 독서열기는 가히 상상을 초월할 정도로 고조될 것이 틀림없다. 물론 현재도 수능시험에 독서 활동을 충분히 반영하고 있다는 주장이 제기될 수도 있으나 실제로는 그렇지 않다. '책벌레'라 불릴 정도로 책을 많이 읽는 학생들이 간혹 있으나 수능성적은 항상 하위권을 면치 못하는 경우가 있다. 이유는 간단하다. 수능시험이 독서력보다는 문제풀이 방식과 같은 요령에 치중하고 있기 때문

이다.

만약 독서를 수학능력시험에 반영한다면 강력한 저항에 직면할 것이 분명하다. 왜냐하면 독서는 개인의 자유로운 심리 활동의 소산이기에 타율적으로 강제할 수 없다는 이유 때문이다. 그와 같은 주장이 결코 잘못된 것은 아니다. 그렇지만 독서가 자율적인 활동이기에 학생들의 개별 의사에만 맡겨놓았을 때 어떤 결과가 나왔는지는 지금까지의 경험이 말해주고 있다.

독서도 엄연히 교육활동의 한 부분이라면 입시와 연관 짓는 것 자체를 금기시할 필요는 없다고 본다. 개방적 사고가 필요한 교육에서 적어도 어떤 부분은 안 된다고 미리 선을 그어 놓으면 그만큼 사고의 폭이 좁아질 수밖에 없다. 입시로 인한 문제는 입시로 해결하는 것도 하나의 방안이 될 수 있다. 그런 점에서 수능에 독서영역을 추가하는 방안에 대하여 공론화할 것을 제안한다.

2005.11.28

한글 우수성, 교과서에 담자 4

한국어 교육을 강화하자

세계 어느 나라 말보다도 우수하며 과학적인 문자를 갖고 있다는 국가의 아이들이 제 나라 말보다 영어 배우기에 사활을 걸고 있는 모습을 보면 마치 주객이 전도된 느낌마저 든다.

물론 언어의 수월성이 반드시 언어의 경쟁력을 의미하는 것은 아니지만, 이제 막 모국어를 배우기 시작한 아이들마저 조기 영어교육의 열풍에 휩싸여 있는 것을 보면 참으로 딱한 노릇이 아닐 수 없다.

21세기를 흔히 지식 정보화시대라고 한다. 지식 정보화의 우열은 기본적으로 언어의 경쟁력에서 비롯된다.

약육강식의 원리가 적용되는 생태계와 마찬가지로 언어도 시간이 흐르면서 약자가 강자에게 예속되거나 그렇지 않으면 소멸되고 만다.

유네스코는 현재 2,500개의 언어가 도태될 위기에 처해 있으며, 100년 후에는 90% 이상의 언어가 지구상에서 사라질 것으로 경고하고 있으며, 유감스럽게도 그 속에는 한국어도 포함되어 있다. 세계는 지금 자국의 문화적 생존을 걸고 총성 없는 언어 전쟁을 펼치고 있다.

이제 우리도 한국어의 경쟁력에 관심을 가져야 할 때이다. 다행스럽게도 우리에겐 세계적으로 가장 우수하다는 평가를 받고 있는 문자가 있다.

미국의 명문 캘리포니아 주립대학 재레드 다이아몬드 교수는 한글이야말로 가장 과학적인 세계 알파벳이라고 극찬하였으며, 유네스코는 지구상의 문맹퇴치에 기여한 사람에게 수여하는 상의 이름을 세종대왕상으로 명명하였고, 1997년에는 한글을 세계기록유산으로 지정한 바 있다.

이뿐만이 아니라 한글의 우수성은 곳곳에서 드러나고 있다. 영국의 옥스퍼드 언어학대학은 세계에서 가장 뛰어난 문자로 한글을 선정한 바 있고, 몇 년 전 프랑스에서 개최된 세계언어학자 회의에서는 한글을 공용어로 지정하자는 의견도 있었다.

평소 생활에서부터 우리말과 글을 아끼고 사랑하는 것은 한국어의 경쟁력을 강화하는 길이 될 것이다. 그러나 단순히 한국어를 아끼고 사랑하자는 애국적 차원만을 강조하기보다는 우리 언어를 세계화할 수 있는 방안 마련과 전략 수립이 더 중요하다고 볼 수 있다.

한국어의 세계화는 곧 세계 속에 우리 민족의 정신을 전파하는 것이나 다름없기 때문이다.

언어의 경쟁력이 민족의 생존과 직결된다고 보면, 지금과 같이 제 나라 언어의 소중함을 모르고 어릴 때부터 영어 배우기에 열중한다면 우리말은 얼마 못가 영어에 점령당하고 말 것이다. 세계적인 학자들은 이미 외국어 조기교육의 위험성을 지적한 바 있다.

언어의 소멸은 문화의 소멸이요, 문화의 소멸은 민족 정체성의 소멸이라고 할 수 있다. 따라서 한국어를 아끼고 사랑하며 발전시키는 일은 민족의 생존과 직결된다. 이제라도 우리말과 글에 대한 교육을 강화하는 방안을 찾아 세계적인 언어로 발전시켜야 마땅할 것이다.

2003.10.14

국어교과서의 正體性

고등학교에 7차 교육과정이 도입된 지 올해로 2년째를 맞고 있다. 학생중심의 학습 활동을 강조하는 7차 교육과정의 취지를 익히 알고 있던 터라, 그 내용에 대한 궁금증과 기대감으로 새 교과서를 받아 들었다. 종이의 지질이나 편집 상태는 차지하고라도 다양한 보조 학습 자료와 학습자의 능동적 활동을 강조한 측면은 확실히 예전의 교과서와 달라진 부분이었다. 이런 교과서라면 7차 교육과정의 목적에도 부합하고 학습활동에도 많은 도움이 되겠다는 생각이 들었다.

국어교과서의 첫 단원에 나오는 글은 국어교육의 방향을 가늠하는 잣대의 구실을 한다. 가벼운 마음으로 책장을 넘기니 '황소개구리와 우리말'이라는 낯선 제목의 글이 눈에 들어왔다. 이 글의 필자는 미국의 주도로 이루어지는 세계화의 추세 속에서 영어를 자유롭게 구사하는 일은 새 시대를 살아가는 필수 조건이라며, 우리말을 바로 세우는 일에도 소홀해서는 안 된다는 점을 역설하고 있었다. 그러나 필자의 주장과 그에 따른 근거가 국어교과서라는 점을 고려하면 몇 가지 문제점을 지적하지 않을 수 없다.

첫째, 근거의 부적절성이라고 말할 수 있다. 우리말의 훼손 이유를 설명하기 위하여 든 비유가 적합하지 않다는 점이다. 20세기가 시작될 무렵 영국 사람들이 미국에 풀어놓은 유럽산 찌르레기의 경우 토종의 허약성을 드러내기보다는 적자생존의 제국주의적 속성을 강조하는 의미가 강하고, 토종 개구리와 물고기를 우리말에, 황소개구리나 블루길을 영어에 비유하며 외래종이 토종을 장악한 것은 토종을 제대로 돌보지 않았기 때문이라고 주장한다. 그러나 사실 토종을 보존하기 위한 근원 대책은 외래종을 도입하지 않는 것인데 이것을 언어에 적용하면 필자가 주장하는 영어의 필요성과는 어긋나는 예가 된다.

둘째, 우리말을 지극히 방어적이고 소극적인 개념으로 보고 있다. 사실 우리가 생각하는 것만큼 우리말은 경쟁력이 떨어지는 것이 아니다. 잘 알려진 대로 한글은 인류가 만든 세계 최고의 문자로 세계적인 언어학자들로부터 인정받고 있으며, 우리말의 사용 인구는 남북한과 해외 동포를 합쳐 1억명에 육박하고 있어 사용 인구 숫자로는 세계 10위권에 근접하는 경쟁력을 갖고 있다. 우리가 소극적으로 대처하고 있는 사이 해외에서는 우리말을 배우기 위한 붐이 일고 있다. 그런데 우리말에 대한 시각을 고작 영어에 침해당하지 않는 방어적 개념으로 인식한 것은 사실상 우리말의 세계화를 포기한 것이나 다름없다.

셋째, 필자의 주장은 사실상 영어공용화를 찬성하고 있다는 점이다. 필자는 국제경쟁력의 강화 차원에서 영어를 배우는 것은 반드시 필요한 일이라고 역설하면서 우리말을 세우는 일에 소홀해서는 안 된다는 단서를 달았다. 사실상 영어공용화를 인정한다는 뜻이다. 언어는 그 민족의 숭고한 정신적 가치와 문화를 담고 있는 그릇이기에 적자생존을 신봉하는 경제논리로 해결할 수 없는 미묘한 의미를 담고 있다. 그리고 영어공용화에 대한 논쟁은 아직 국민적 합의가 도출되지 않았다.

넷째, 무엇보다 중요한 것은 국어교과서의 본질적 취지에 부합하지 않는다는 점이다. 국어교과서는 자라나는 세대에 자국어의 우수성과 가치를 폭넓게 이해시킨다는 나름의 존립 근거를 갖고 있다. 이 글에 나타난 필자의 견해는 우리 사회의 다양성과 개방성에 비추어 보았을 때 얼마든지 가능한 주장이나 그것이 국어교과서라면 문제는 달라지는 것이다. 엄밀히 말해서 영어가 강조되고 있는 시대인 것은 분명하나, 그것은 어디까지나 국어교육의 차원과는 별개로 다뤄져야 한다는 점이다.

이처럼 이 글은 곳곳에 논리적 결함이나 오해를 불러일으킬 소지를 안고 있다. 지식에 대한 선별 능력이 부족한 아이들은 교과서의 내용을 성전으로 받아들이는 경향이 있다. 필자의 주장을 그대로 받아들인다면, 아이들은 미국을 중심으로 한 영어공용화를 사실상 별다른 거부감 없이 받아들일 수밖에 없다는 점에서 심히 우려하지 않을 수 없다.

그렇지 않아도 영어에 주눅 들고 기죽어 있는 아이들에게 반만년 동안 물려온 소중한 문화유산인 우리말의 소중함과 자부심을 심어주지는 못할망정 영어의 필요성을 은연중에 강조하는 이 글이 국어교육에 무슨 도움이 될 지 의문을 갖지 않을 수 없다. 물론 교과서를 만든 분들의 수고로움과 이 글을 쓴 필자의 의도를 모르는 바는 아니나, 우리말을 가르치는 입장에서 보면 아무래도 국어교과서의 단원으로는 적합하지 않다는 생각을 떨칠 수 없다.

2004년 4월

엉터리 통신언어 동심도 오염

얼마 전 아들 녀석의 공부방에 들어가 본 일이 있다. 마침 컴퓨터를 켜놓고 친구에게서 온 메일을 확인하고 있었다. 무심결에 화면에 떠 있는 내용이 눈에 들어왔다.

솔직히 예전처럼 종이 위에 온갖 정성을 기울여 쓴 편지가 아니라 별로 기대하진 않았다. 하지만 언뜻 보기에도 초등학교 3학년 아이들의 글이라고는 믿기지 않을 정도로 우리말 파괴가 심각한 것을 보고 놀라지 않을 수 없었다. 녀석들은 성인들이 주고받는 통신용어를 아무 거리낌 없이 사용하고 있었다.

"멜 잘 받았어. 글구 너 모하냐? 나 아까 학교에서 너 봐따. 멜 만뉘 만뉘 보내조. 그럼 빠2빠2."

몇 개 안 되는 짧은 문장 어느 곳에서도 우리말 사용의 원칙은 찾아볼 수 없었다. 그맘때면 한창 올바르게 우리말을 익히고, 사용해야 마땅할 터이나, 도대체 어디서 그런 엉터리 같은 말을 배웠는지 기가 막힐 노릇이었다.

아이들은 어른들을 보고 배운다. 일부 네티즌들의 그릇된 의식이 빚어낸 기형화된 통신언어로 인하여 우리말의 본뜻이 왜곡되고, 동심마저 멍들어 가고 있다. 사이버상에서 '번개(온라인에서 벗어난 오프라인 모임)', '잠수(대화 중 자리를 비울 때 쓰는 표현)', '당근(당연하다)', '담탱이(담임선생님)', '어솨(어서오세요)', '짱나(짜증나)', '니마(님)' 등과 같이 소중한 우리말을 마음대로 변형시킨 사례는 곳곳에서 발견할 수 있다.

뿐만 아니라 사이버 공간에서 '웃는 얼굴(^-^)', '반가운 표정(*^^*)', '윙크(^.~)', '황당함(?.?)' 등 컴퓨터 자판의 기호나 숫자 등을 조합해 개인적인 감정이나 의사를 표현하는 이모티콘이 인터넷 언어로 무분별하게 사용됨으로써 정상적인 의사소통을 가로막는 예도 허다하다.

말과 글이 사람의 생각을 좌우하듯, 올바른 언어는 건강한 정신세계를 가꾸는 힘이다.

이처럼 사람의 정신세계를 지배하는 언어의 영향력을 고려할 때, 어려서부터 체계적인 교육을 통하여 올바른 우리말을 배우고 익히는 것은 개인을 떠나 민족의 정체성과도 직결되는 문제라 할 수 있다.

따라서 많은 사람들의 의사가 자유롭게 교환되는 사이버 공간에서의 언어 사용은 그만큼 신중하면서도 교육적 의미를 고려할 수밖에 없는 것이다.

네티즌들은 우리가 그토록 자랑스럽게 내세우고 싶어 하는 세계 최고의 인터넷 강국이라는 사실이 오히려 귀중한 우리말을 파괴해, 자라나는 새싹들에게 해악을 끼치고 있다는 사실을 명심하고 올바른 통신 언어 사용에 앞장서야 한다.

2004.5.28

'인터넷 강국' 멍드는 童心

최근 들어 컴퓨터가 가정 필수품이 되고, 인터넷 사용이 급증하면서 교육에도 많은 변화가 나타나고 있다. 학교 수업은 물론이고 가정에서의 학습이나 숙제도 인터넷에 의존하는 경향이 점점 높아지고 있는 것이다.

일례로 모르는 낱말이나 개념을 찾을 때 사전이나 백과사전을 뒤적이는 것은 이미 구시대의 학습방법으로 전락한 지 오래다. 이처럼 인터넷은 생활 전반에 걸쳐 하나의 문화적 양상으로 자리잡고 있다.

그렇지만 올해 초에 겪은 인터넷의 부작용은 그 역기능이 만만치 않음을 실감하게 하는 계기가 되었다. 문제는 초등학교에 다니는 아이들이 학년이 높아지면서 갑자기 인터넷을 활용할 일이 많아지면서 시작되었다.

학습뿐 아니라 숙제마저도 인터넷을 이용하지 않고는 해결할 수 없는 상황에 이르러서는 더 이상 아이들의 불평을 외면하기가 어려웠다. 결국 속도가 느린 전화모뎀을 인터넷 전용선으로 교체하기에 이르렀다. 전보다 훨씬 빨라진 인터넷은 필요한 정보를 다양하게 습득할 수 있어 아이들도 만족하였다.

그러나 편리해진 만큼 부작용도 서서히 나타나기 시작했다. 빨라진 인터넷은 아이들을 컴퓨터 앞으로 끌어들였고, 당초의 학습 목적은 온

데간데없이 오락용으로 둔갑해버린 것이다. 인터넷 게임에 빠진 아이들이 먼저 컴퓨터를 사용하겠다고 다투는 것은 이제 일상사가 되어버렸다. 어느 틈엔가 겨우 다섯 살인 막내까지도 인터넷 쟁탈전에 가세하고 있었다.

게임중독 등 부작용 속출

아이들이 기를 쓰고 인터넷에 달려드는 이유는 바로 게임 때문이었다. 공부보다 게임이 훨씬 재미있다는 것을 알고부터는 학습 시간도 점점 줄어들었고, 심지어는 가족간의 대화마저도 회피하기에 이르렀다. 아이들은 마치 블랙홀처럼 인터넷 게임 속으로 급속히 빠져들기 시작했다. 사태의 심각성을 깨닫고 대책을 세운 것도 이때부터다. 결국 컴퓨터의 사용시간과 방법을 엄격하게 제한하고 나서야 아이들의 인터넷 사용을 억제할 수 있었다.

이처럼 컴퓨터는 자녀를 둔 가정의 애물단지로 전락한 지 오래다. 특히 '컴퓨터 사스(SARS)'로 불리는 '인터넷 중독'은 이미 위험수위를 넘어선 것으로 드러났다.

정보통신부의 통계에 의하면 만 6세 이상 전 인구의 65.5%가 주당 평균 12.5시간 인터넷을 사용하고 있으며, 중학생은 하루 3.1시간, 고등학생은 2.8시간을 인터넷에 할애하고 있어 청소년의 절반 이상이 '인터넷 중독' 환자로 의심된다는 것이다.

자기절제력과 판단력이 부족한 미성년자들이 인터넷에 심취하게 되면 심리적 조절 능력을 상실하는 것은 시간문제라 할 수 있다. 인터넷의 과다 사용으로 어른들까지도 사망한다는 보도가 심심치 않게 나오고 있는 마당에 정서적 면역력이 현격히 떨어지는 미성년자들의 경우 가벼운 충격에도 쉽게 반응할 수 있어 자칫 크나큰 불행으로 이어질 개연성이 높다.

초고속 인터넷의 경우, 가입자수 1천1백17만명에 가구당 보급률 73%로 세계 1위다. 인터넷 사용자수 2천9백22만명에 인터넷 이용률 60.9%로 세계 2위 등 드러난 통계 수치만으로도 '인터넷 강국'의 성적표로는 조금의 손색도 없다.

그러나 세계 최고의 '인터넷 강국'이란 찬사의 이면에는 미래를 이끌어갈 어린이와 청소년들이 '인터넷 중독'이란 어두운 그늘에 방치되어 있다는 점도 간과해서는 안 될 것이다.

모두 손잡고 대응책 마련을
어느 누구를 막론하고 인터넷에 만연하고 있는 중독성이 강한 오락

사이트와 각종 비도덕적이고 불건전한 사이트에 접속하는 것은 실로 위험천만한 일이 아닐 수 없다. 특히 미성년자들은 더욱 각별한 주의가 요구된다. 현대 문명의 총화라 불리는 인터넷은 사용습관에 따라서는 언제든지 아이들의 정신세계를 황폐화시킬 수 있는 흉기로 돌변한다는 점에서 자녀를 둔 부모와 정부 당국, 그리고 관련 업계의 공동 대응책이 그 어느 때보다 절실한 시점이다.

2004.8.25

교과서 제작에 환류 시스템 도입하자

교과서는 학습자에게 학습내용을 구조화시켜 제공으로써 학습 동기를 유발하고 효과적인 학습활동을 지원하는 역할을 한다. 이처럼 중요한 교과서, 그 중에서도 특히 국어교과서는 우리말에 관한 기준을 제시한다는 측면에서 더욱 모범적이고 치밀하게 제작되어야 한다. 그럼에도 불구하고 학생들이 배우는 국어교과서에 문제가 많다는 지적은 새삼스러운 얘기가 아니다. 고등학교 국어교과서도 예외는 아니다.

국어교과서 곳곳에 허술함 드러나

고등학교 국어교과서는 '한국인의 삶이 배어있는 국어를 창조적으로 사용하는 능력과 태도를 길러, 정보화 사회에서 정확하고 효과적인 국어 생활을 영위할 수 있도록 한다'라고 편찬 방침이 명시된 바 있다. 그러나 '정확하고 효과적'이라는 취지가 무색할 정도의 허술함이 곳곳에서 발견된다. 특히 국어교과서는 7차 교육과정의 '국민공통 기본교육과정'에 편성되어 10학년(고교 1학년) 학생들이 반드시 배우는 필수 과목으로 지정되어 그 심각성을 더해주고 있다.

다양한 보조 학습 자료와 학습자의 능동적 활동을 강조한 측면은 확실히 예전의 교과서와 달라진 부분이라고 평가할 수 있다. 특히 학습자료에 인터넷 사이트를 소개한 것은 정보화시대에 걸맞는 변화라고 본다. 그러나 이렇게 소개된 사이트가 엉터리인 경우가 있다. 고등학교 국어교과서 하권(253쪽)의 경우, 보조학습자료로 소개된 '민족 문화 연구원'의 홈페이지 주소(http://ikc.korea.ac.kr)가 잘못 기입('ikc'의 'c'를 's'로)됨으로써 필요한 자료를 전혀 찾아볼 수 없다.

뿐만 아니라 필자의 학교에서 교재로 사용하고 있는 모 출판사의 문학교과서도 마찬가지다. 이 책의 상권(29쪽)에 나와 있는 '학습활동' 가운데, 관련자료로 제시한 인터넷 사이트를 참고로 하여 학생들과 함께 활동한 후 문제를 해결하는 내용이 있다. 그러나 교과서에 제시된 인터넷 사이트로 들어가면 '페이지 존재하지 않음'으로 나와 당황하게 된다. 이처럼 엉터리 인터넷 사이트는 같은 교과서에서 몇 차례 더 발견된다. 공신력 있는 기관이 아닌 개인이나 사설기관에서 사용하는 인터넷 주소를 교과서에 수록할 경우, 학습은 커녕 자칫 감수성이 예민한 학생들에게 엉뚱한 내용을 제공할 수 있다는 점에서 각별한 주의가 요구된다.

고등학교 국어교과서의 편찬 방침에서 단원 구성의 원칙에 따르면 '제재의 내용 이해를 돕고 시각적인 여유를 갖게 하여 가독성을 높이려는 목적으로 시각자료를 배치한다'고 밝히고 있다. 국어교과서 상권(62쪽)의 경우, 단원의 이해를 돕기위해 제시한 자료 가운데 영어를 배우는 직장인의 모습이 담긴 사진이 게재되어 있다. 우리말의 중요성을 강조하는 단원이라면, 영어를 은연중에 강조하는 이와 같은 사진자료가 무슨 의미가 있는 것인지 이해할 수 없다.

또한 같은 교과서의 하권(68쪽)을 보면, 다양한 매체 언어의 특성을 이해하는 단원이 있다. 이 가운데 '인터넷 읽기' 부분에 제시된 시각자료의 내용이 실제와 크게 차이가 난다. 즉, 시각자료에서 제시한 대로 검색어를 입력하면 교과서에 나와 있는 자료와는 달리 엉뚱한 화면이 나타나는 것이다. 물론 인터넷 검색화면의 경우, 자주 바뀐다는 특성을 갖고 있으나 그렇더라도 교육당국이 매년 교과서를 새로 인쇄할 때 시의성(時宜性)이 떨어지는 사진자료는 교체했어야 마땅할 것이다.

국어교과서에 실린 제재는 국어 발전과 국어 문화 창달에 이바지 할 수 있어야 한다. 그럼에도 불구하고 고등학교 국어교과서 상권의 첫 단원에 나와 있는 '황소개구리와 우리말' 단원의 경우도 이런 원칙에서 벗어나 있다.

이 글의 필자는 우리말을 지극히 방어적이고 소극적인 개념으로 보고 있다. 사실 우리가 생각하는 것만큼 우리말은 경쟁력이 떨어지는 것이 아니다. 잘 알려진 대로 한글은 인류가 만든 세계 최고의 문자로 세계적인 언어학자들로부터 인정받고 있으며, 1억명에 육박하는 사용

인구 숫자로 세계 10위권에 근접하는 경쟁력을 갖고 있다. 그런데도 이 글에서는 우리말을 고작 황소개구리에 비유된 영어에 침해당하지 않을 정도로 인식한 것은 사실상 우리말의 세계화를 포기한 것이나 다름없다.

교과서 오류 있을 수 없어

사람의 손을 거치는 일에 실수가 따르는 것은 어쩌면 당연하다. 그러나 그 실수가 학생들이 배우는 교과서라면 문제는 달라진다. 학생들은 교과서에 실린 내용이라면 무조건 받아들이는 경향이 있다. 따라서 교과서에 조금의 실수가 있어서도 안 되지만, 행여 실수가 있더라도 신속하게 바로잡아야 함은 당연하다. 올해 공급된 고등학교 국어교과서(상권: 260쪽, 하권: 113~121쪽)의 경우, 당초 '피란'으로 써야 할 자리에 '피난'으로 잘못 썼으나 '피란'으로 바로잡아 제공된 바 있다. 따라서 교과서의 오류를 최소화하기 위해서는 교과서 제작 단계부터 현장의 목소리를 적극 반영하는 개방형 환류(feedback) 시스템의 도입을 검토해볼 필요가 있다.

2004. 10.

한글 우수성, 교과서에 담자

　며칠 전 필자가 맡고 있는 과목에서 조선 세종 때 시작해서 성종 때 간행된 두시언해 초간본을 가르친 일이 있다. 당시만 해도 모든 문자는 한자로 읽고 써야만 제대로 뜻을 전달할 수 있다고 여겼던 풍토에서 세종이 한문으로 된 두보의 시를 우리 문자로 해석한 것은 획기적인 일이나 다름없었다. 그런 의미에서 아이들에게 우리 문자의 우수성 몇 가지를 설명했다.

　"세종대왕이 창제한 한글은 대략 3,000개가 넘는 것으로 밝혀진 지구상의 문자 가운데 창제자와 창제연도 그리고 창제 목적이 밝혀진 것으로는 유일합니다. 그리고 유엔 전문기구인 유네스코는 1997년 한글을 '세계기록문화유산'으로 지정하고, 매년 문맹퇴치에 기여한 사람에게 수여하는 상의 이름을 '세종대왕상'이라고 명명한 바 있습니다. 또한 영국의 명문 옥스퍼드대학의 언어학 대학이 지구상에 존재하는 모든 문자를 대상으로 순위를 매겼는데 한글이 1위였다고 합니다."

　제 나라 말보다는 남의 나라 말을 배우는 데 익숙한 아이들이 책은 물론이고 어느 누구에게도 들어보지 못한 얘기를 접했으니 놀라는 것은 당연했다.

　"세계적으로 유명한 어느 언어학자는 한글은 너무나 완벽한 문자라서 오히려 예술에 가깝다고 극찬한 바 있습니다. 또한 한글은 컴퓨터와도 가장 잘 어울리기 때문에 업무 수행 능력이 한자나 일본어에 비해 무려 7배나 높다고 합니다. 우리가 두보의 시를 배우고 있지만 최근 중국에서도 표의문자인 한자의 한계를 절감하고 표음문자인 한글을 무척 부러워하고 있답니다. 문자는 이제 단순한 표시 기능을 떠나 국가의 경쟁력과도 밀접한 관계가 있습니다."

"선생님, 그런 말은 처음 듣는데 왜 우리가 배우는 교과서에는 그런 내용이 없지요?"

교과서 문제가 나오자 말문이 막혔다. 아이들에게 우리 문자의 우수성을 가르칠 단원이 없었기 때문이다. 특히 고교 1학년 학생들에 해당하는 국민공통기본교육과정(필수)에서 배우는 국어 교과서를 살펴보면 기껏해야 국어가 걸어온 과정 가운데 한 부분으로 훈민정음을 언급하는 정도에 그치고 있다.

한 마디로 아이들은 충격에 빠진 듯 했다. 왜 이렇게 훌륭한 문자를 제쳐두고 남의 나라 언어에 빠져 지내야 하는지 답답하다는 표정과 함께 지금까지 느껴보지 못했던 우리 문자에 대한 자부심도 엿보였다.

얼마 전 한 출판사의 고등학교 역사교과서와 관련한 편향성 논란이 불거지면서 교과서의 역할에 대한 관심이 한층 높아지고 있다. 지식에 대한 선별 능력이 부족한 학생들은 교과서의 내용을 성전(聖殿)으로 받아들이는 경향이 있기에 체제를 구성할 때는 반드시 민족의 자긍심을 심어줄 수 있는 내용이 담겨야 마땅할 것이다.

세계가 부러워하는 문자를 가진 나라의 교과서에 제 나라 문자의 우수성을 가르칠 내용이 없다면 무슨 면목으로 세종대왕의 후손이라고 떳떳이 말할 수 있겠는가.

2005.10.3

민족의 걸작품 한글, 걸맞은 대접을 하자

제 나라 고유의 문자를 가졌다는 것은 한마디로 축복이라 할 수 있다. 주위를 둘러보면 잘 사는 나라일수록 한결같이 고유문자를 갖고 있음을 확인할 수 있다. 소위 못사는 나라일수록 말은 있되 문자가 없거나 아니면 잘사는 나라의 문자를 차용해서 쓰는 경우가 태반이다. 문자를 가졌다는 것은 문화적 자부심 못지않게 경제적 가치도 지니고 있음을 의미한다.

강자만이 살아남을 수 있는 정글의 법칙은 언어라고 해서 예외일 수는 없다. 영국의 인구생물학자인 빌 서덜랜드 교수에 따르면 전 세계에서 현재 통용되고 있는 언어는 6,809개이며 이 중 90% 이상이 소멸될 위기에 놓였다고 한다. 멸종될 언어의 대부분은 사용인구 숫자가 현격히 적거나 말은 있어도 문자가 없는 경우가 태반이다. 이처럼 경쟁력이 없는 언어는 언제든지 도태될 수밖에 없는 것이다.

언어는 해당 민족의 전통과 문화를 총칭하기에 언어의 소멸은 곧 민족의 정체성 상실로 이어진다는 것은 역사를 통해서도 얼마든지 확인할 수 있다. 중국 대륙을 통일한 만주족의 청나라는 한족의 문화를 동경한 나머지 자신들의 언어를 포기함으로써 오늘날 흔적도 없이 사라졌고, 만주어는 박물관에서나 찾아볼 수 있는 사어(死語)로만 남아있다. 이에 비하여 아직도 모국어(한글)를 사용하고 있는 조선족은 중국내에서도 자신들의 문화를 원형대로 보존하고 있는 몇 안 되는 민족으로 꼽히고 있다.

지난 7월 15일 여야 의원 67명은 현재 기념일로 돼있는 한글날을 국경일로 승격시키는 내용을 담은 법률 개정안을 국회에 제출했다. 한글날은 1947년 법정공휴일로 지정됐으나 1990년 추석 연휴가 늘어나면서 휴일이 너무 많다는 경제적인 이유로 법정공휴일에서 제외됐다. 문제는 경제적인 이유라면 제 나라 언어를 기념하는 날쯤은 국경일에서 제외할 수 있다는 발상이다.

한글이야말로 가장 우수한 문자라는 사실은 우리가 아닌 나라 밖의 언어학자들이 이구동성으로 인정하고 있는 사실이다. 특히 국제연합(UN)의 전문기구인 유네스코는 한글을 세계기록문화유산으로 지정하여 지구상의 문맹퇴치에 기여한 사람에게 수여하는 상의 이름을 세종대왕상으로 명명하고, 세종대왕 탄일을 문맹퇴치의 날로 정한 바 있다. 이처럼 세계가 인정하고 있는 한글을 정작 우리 스스로가 박대한다면 누가 문화민족이라고 여기겠는가?

한글날을 국경일로 정하는 것은 단순히 하루를 쉬자는 차원이 아니다. 제 나라 언어를 소중히 여길 줄 알아야 문화민족이라 할 수 있고 세계사의 주역이 될 자격도 있는 것이다. 세계 어느 곳에 내놓아도 손

색이 없는 한글은 우리 민족이 만들어낸 최고의 걸작품이다. 이제라도
그 격에 걸맞은 대접을 하자.

2004.10.9

우리말 다듬기 운동 언론이 앞장서야

아침마다 신문에 실린 주요 기사나 정보를 수집(스크랩)하는 것으로 하루 일과를 시작한다. 대학입시에서 논술이나 구술 면접이 차지하는 비중이 점차 높아지면서 입시를 준비 중인 제자들에게 신문에 실린 내용만큼 유용한 자료도 없기 때문이다. 그런데 신문을 읽다보면 정확한 뜻을 알 수 없는 어휘를 자주 접하게 된다. 이런 어휘는 대부분 외부에서 유입된 말로 해당 분야의 전문가가 아닌 이상 그 뜻을 알기는 쉽지 않다.

예를 들어 신문지상에서 자주 접하는 경제 용어 가운데 '배드뱅크', '방카쉬랑스', '모기지론', '정크본드', '블랙마켓', '아웃소싱' 등과 같은 어휘는 사전에서도 찾을 수 없어 답답할 때가 많다. 국가간의 교류가 활발해지고 문화가 발전함에 따라 새로운 사물이나 개념을 지칭하는 어휘가 만들어지는 것은 자연스러운 현상이다. 그러나 적절하게 우리말로 다듬는 노력도 기울이지 않은 채 그대로 차용하는 것은 분명히 문제가 있다.

언어의 1차적 기능이 의사소통에 있다면 특정 집단의 이해를 기반으로 한 언어 사용은 헌법에 보장되어 있는 국민의 알 권리를 침해하는 일이다. 다소 어색하더라도 '신용 회복 은행', '은행 연계 보험', '장기 주택 금융', '고수익 채권', '암시장', '외부 조달'과 같은 말로 바꿔 사용하는 것이 독자들의 이해를 돕는 데에 훨씬 바람직할 것이다.

지식 정보화 사회로 나아갈수록 언론의 역할은 점점 커지고 있다. 그렇지 않아도 우리말은 정보통신 산업의 급속한 발달에 따른 통신 용어의 범람으로 극심한 몸살을 앓고 있으며, 국어 경시 풍조에 편승한 국적 불명의 외래어와 외국어가 무차별적으로 유포돼 상처투성이로 전락하는 등 총체적인 위기 국면으로 치닫고 있다.

이런 상황에서 언론이 노력하고 국민이 호응하면 우리말 살려 쓰기가 얼마든지 가능하다는 사례를 주변에서 쉽게 찾아볼 수 있다. 우리말로 다듬어 널리 쓰이는 말로는 '갓길(노견)', '나들목(인터체인지)', '댓글(리플)', '손톱깎이(쓰메키리)', '동아리(서클)', '휴대전화(핸드폰)', '봉급생활자(샐러리맨)', '민소매(나시)' 등이 있다. 이처럼 외부에서 유입된 말도 사용자의 의식에 따라 얼마든지 아름다운 우리말로 순화시킬 수 있다는 점에서 여론을 선도하는 언론의 역할이 무엇보다도 중요할 수밖에 없다.

다행스럽게도 동아일보가 국립국어원, 케이티문화재단 등과 함께 우리말 다듬기 운동에 앞장서고 있다. 누리그물(인터넷)의 누리집(홈페이지)에 순화할 용어를 제안하고 누리꾼(네티즌)들의 참여와 투표로 당선작을 결정함으로써 많은 호응을 얻고 있다. '참살이(웰빙)', '멋울림

(컬러링)', '안전문(스크린 도어)', '붙임쪽지(포스트잇)', '길도우미
(내비게이션)', '여유식(슬로푸드)', '자동길(무빙 워크)', '다걸기(올
인)' 등 당선된 용어들을 지면에 적극 반영함으로써 일반화하는 데에
도 도움을 주고 있다.

　우리 조상들은 일제의 '조선어 말살정책'에 맞서 온몸으로 모국어를
지켜냈다. 주시경 선생은 '나라를 바로 세우기 위해서는 나라의 근본
을 세워야 하고 나라의 근본을 세우는 일은 자기의 말과 글을 소중히
여겨 씀에 있다'고 했다. 소중한 우리말을 살려 쓰는 것은 무엇보다도
언론이 사명의식을 갖고 앞장설 때에만 가능할 것이다.

2005.1.18

한글 세계화, '한류'를 타자

교육 현장에서 우리말을 가르치는 국어교사의 한 사람으로서 마음이 편치 않다. 사회 곳곳에서 나타나는 문화적 변화와 거대 자본의 논리 앞에 날이 갈수록 천덕꾸러기로 전락하고 있는 한글을 보고 있자니 말이다. 인터넷과 휴대폰으로 무장한 젊은 세대들의 한글 파괴는 위험수위를 넘어서고 있으며, 이제 막 모국어를 익혀야 할 아이들은 영어 배우기에 더 열중하고 있다.

제나라 글의 소중함을 가르쳐야 할 교육마저 그 비중을 축소하고 있다. 우리글의 이해력과 적응력을 간접적으로나마 지원했던 수학능력시험에서 외국어영역(영어)의 비중은 늘어났으나(80점에서 100점으로), 언어영역의 비중은 오히려 줄어들었다(120점에서 100점으로). 자연계 학생들은 언어영역을 반영하는 대학이 점차 줄어들면서 아예 경원시하는 움직임마저 나타나고 있다. 토익과 토플 등 영어 인증이나 자격 취득에 관심 있는 학생들은 넘쳐나도 한국어인증시험에 응시하는 학생들은 찾아보기 어렵다.

세계의 언어학자들은 기회가 있을 때마다 한글 칭찬에 입이 마를 지경이다. 인간이 창조한 최고의 문자가 바로 한글이라는 것이다. 표음문자인 한글은 인간이 낼 수 있는 소리를 거의 무한대에 가깝게 표현할수 있고. 자음과 모음으로 이루어진 간편한 음운 체계는 컴퓨터나 휴대폰의 자판을 자유롭게 이용할 수 있는 구조여서 한국의 정보기술(IT)을 세계적인 수준으로 끌어올린 핵심 요인으로도 꼽히고 있다.

한국의 전자업체가 세계적인 경쟁력을 확보하게 된 것도 따지고 보면 한글의 힘이 크다. 표의문자인 한자를 사용하고 있는 이웃나라 중국은 정보화의 한계를 절감하고 한글을 무척 부러워하고 있다는 소식도 들린다.

요즘 한국의 대중문화가 일본과 중국 그리고 동남아 일대를 휩쓸며 한류 신드롬을 일으키더니 급기야 유럽과 미주권까지 퍼지고 있다는 반가운 보도가 잇따르고 있다. 국내의 한 민간경제연구원은 드라마 '겨울연가'의 주인공 '배용준'의 경제적 효과가 무려 3조 원 이상이라고 분석했다. 이제 한류는 단순한 문화현상을 뛰어넘어 침체의 늪에 빠진 한국 경제를 일으킬 고부가가치 상품으로 떠오르고 있다.

한류 열풍이 부는 나라일수록 한국 문화에 대한 관심도 하루가 다르게 변하고 있다. 특히 한국 고유의 문자인 한글을 배우겠다는 사람들이 급격히 늘면서 나라마다 한국어 관련 학과를 신설하고 있다. 구직 행렬이 줄을 잇고 있는 국내 실정과는 달리 해외에서는 한글을 가르칠 수 있는 한국어 강사의 수요가 폭증, 새 인기 직업으로 떠오르고 있다. 동남아를 비롯한 해외 유명 관광지나 쇼핑센터에서는 한글 문양을 넣은

상품이 관광객들로부터 좋은 반응을 얻고 있다고 한다. 지난해에는 미국의 세계적 여성 팝스타 브리트니 스피어스가 한글로 인쇄된 원피스를 입어 화제가 되기도 했다.

한류 열풍의 확산과 더불어 한글에 대한 외국인들의 관심이 어느 때보다 고조되면서 이를 적극적으로 활용할 수 있는 정부와 민간 차원의 발빠른 대책이 필요하다. 정부는 한글의 세계화를 위한 제도적 지원을 서둘러야 한다. 기업도 외국인들의 한글배우기 열풍을 단순히 한류 신드롬의 반짝 효과로만 여기지 말고 체계적 연구와 개발을 통해 명실공히 세계적 문화상품으로 거듭날 수 있도록 노력해야 한다.

한글은 더 이상 박제된 전통이 아니다. 냉철한 논리와 판단만이 지배하는 세계 질서 속에서 한글을 주목하는 외국인들이 늘고 있다는 것은 우리 문화의 진가를 세계가 인정하기 시작했다는 의미로도 볼 수 있다. 이런데도 우리가 한글을 계속 천대한다면 민족 최고의 보물을 남겨주신 세종대왕의 후손된 도리가 아니다.

2005.2.26

음란메일에 멍드는 童心

대한민국을 IT강국으로 올려놓은 효자는 뭐니 뭐니 해도 인터넷이다. 보급률로만 따지면 세계 1위라고 한다. 그러니 도시든 농촌이든 지역을 불문하고 정보의 바다로 연결되지 않은 곳이 없을 정도로 일반화되었다. 이제 인터넷은 적어도 대한민국에서 만큼은 사치품이 아니라 생활필수품이 되었다 해도 과언이 아니다.

이처럼 생활의 일부로 인식될 정도로 친숙해진 인터넷은 잘만 사용하면 복이 될 수 있으나 그렇지 않으면 크나큰 재앙을 불러올 수도 있다. 특히 인터넷을 통하여 무분별하게 유포되고 있는 불법 음란메일은 엄청난 경제적 손실과 더불어 사회적 건강까지도 해치고 있어 특별한 경각심이 요구된다. 그런 면에서 며칠 전에 겪은 일을 생각하면 지금도 놀란 가슴이 진정되지 않는다.

저녁 여가시간을 이용하여 컴퓨터로 문서 작업을 하던 중 초등학교에 다니는 딸아이로부터 친구가 보낸 메일을 확인하고 싶다는 얘기를 듣고 잠깐 자리를 내준 일이 있었다. 잠시 다른 일을 하다 무심결에 딸아이가 접속한 컴퓨터 화면을 보게 되었다. 마침 편지읽기를 클릭하는 중이었다. 그런데 이게 왠일인가? 마치 굴비를 엮어 놓은 듯 제목마다 음란한 내용을 담고 있는 메일이 화면에 가득했다. '섹쉬 화끈 동영상~', '벗끼는 재미가 솔솔^^', '원초적 누드의 절정~' 등 그 제목만으로도 차마 눈 뜨고 볼 수가 없었다. 그처럼 음탕한 내용으로 가득한 메일 가운데서 딸아이는 친구가 보낸 편지를 찾고 있었다.

성인들에게도 문제가 되고 있는 음란 스팸메일이 설마 어린 아이들에게까지 전달되리라고는 상상하지 못했기에 더욱 충격이 컸다. 아직은 세상 물정과는 거리가 먼 순수하고 연약할 수밖에 없는 아이들이 이처럼 음란한 언어와 영상 앞에 노출되었다고 생각하니 오금이 저리고 모골이 송연해졌다. 그렇게 자랑스럽게 내세운 인터넷 강국의 현주소가 바로 이런 모습이었나 하는 생각에 심한 자괴감마저 들었다.

물론 당국이 누차 강력한 처벌의지를 천명했음에도 불구하고 불법 음란메일이 더욱 기승을 부리는 이유는 실효성 없는 처벌에도 원인이 있다. 일단 적발되더라도 부과된 과태료보다 벌어들이는 이익이 더 많다면 음란메일이 성행하는 것은 당연하다. 그렇다고 돈벌이에만 혈안이 된 업자들의 양심에 호소할 수도 없는 노릇이다.

장차 이 나라를 짊어져야 할 어린이들은 우리가 가진 유일한 자원이나 다름없다. 따라서 어떤 이유로든 정신적 폭력과 다름없는 음란메일이 접근하는 것 자체를 용납해서는 안 될 것이다. 한 번 엎질러진 물은 되돌릴 수 없듯이 음란물에 오염된 아이들의 정신세계를 원상태로 회복시키는 것은 사실상 불가능하다.

당국은 인터넷 강국이라고 자랑만 늘어놓기에 앞서 대상을 가리지 않고 무차별적으로 유포되고 있는 불법 음란메일의 실상부터 파악한 뒤, 그에 따른 적절한 대처 방안을 조속히 마련해야 할 것이다. 만약 현행법의 처벌 조항이 미약하다면 법률 개정을 통해서라도 다시는 불법 음란메일이 사이버 공간에서 발을 붙이지 못하도록 규제와 처벌을 강화해야 마땅할 것이다.

2005.3.17

인터넷 포털뉴스 윤리의식 시급

‘초고속 인터넷 보급률 세계 1위’, ‘전 국민 2명 중 1명은 인터넷 사용’ 정보기술(IT) 강국 대한민국의 성적표는 화려하다 못해 눈이 부실 정도다. 우리 사회 곳곳에 거미줄처럼 연결된 인터넷은 이미 생활 필수품이 된 지 오래다. 직장에서의 업무 처리뿐만 아니라 교육, 유통, 금융, 민원 등에 이르기까지 인터넷의 손길이 닿지 않는 곳이 없을 정도다.

이제 인터넷은 한국 사회를 움직이는 거대한 의사소통의 창구 역할을 하며 여론을 주도하고 있다. 지식과 정보의 생산과 유통이 이루어지는 인터넷의 세계로 항해하기 위해서는 대개 포털사이트를 거치게 마련이다.

사용자가 원하는 각종 정보나 사이트를 쉽게 찾아주는 포털사이트는 인터넷의 허브라고 할 수 있다. 온갖 종류의 물건을 갖추고 있는 백화점에서도 소비자들의 관심을 유도하기 위하여 통행량이 많은 곳에 미끼 상품을 진열하듯이 포털 또한 네티즌의 시선을 끌기 위한 전략으로 시인성이 가장 뛰어난 곳에 뉴스를 배치한다.

포털 뉴스는 대개 기존 언론사를 비롯한 뉴스 공급원에서 콘텐츠를 제공받아 자체적인 선별과정을 거쳐 서비스한다. 특히 민감한 사회적 이슈일수록 그 내용을 신속하게 접할 수 있다는 점은 포털 뉴스의 최대 장점이라 할 수 있다.

　문제는 포털간에도 수익 창출을 위한 방문객 유치(클릭수) 경쟁이 치열하다보니 흥미 위주로 뉴스를 제공한다는 점이다. 순화되지 않은 거친 언어 사용은 물론이고 특히 퇴폐적이고 선정적인 제목의 기사를 올리는 사례도 허다하다. 하루 방문객이 1천만명에 가깝다는 한 인터넷 포털 뉴스 코너를 며칠 동안 유심히 살펴보니 거의 매일 선정적인 제목의 기사가 올라오고 있었다. '누드시위 소동', '섹스 심벌의 탐욕', '알거지 된 포르노 황제', '마사지걸 누드 의혹', '5천명 가입 부부 스와핑 사이트' 등 차마 입에 담기에도 거북한 내용이 많았다.

　이와 같은 기사가 성인들에게도 대단히 자극적이라는 점을 감안했을 때, 아직 사리판단 능력이 부족한 청소년들의 정서에 미칠 영향은 불을 보듯 뻔하다.

　최근에는 학교 수업과 입시준비의 보완재로 e러닝이 일반화됨으로써 청소년들의 인터넷 접속이 빈번해지며 포털사이트 이용도 급증하고 있다.

　이처럼 연령 제한 없이 누구나 접속할 수 있는 포털사이트의 속성상, 그 뉴스는 어디까지나 사회적 공공성에 기초한 교육적 가치를 우선해야 함은 두말할 필요가 없다. 특히 폭력적이고 선정적인 기사는 청소년들의 모방심리를 자극하여 언제든 탈선을 일으키거나 범죄로 비화할 개연성을 갖고 있어 각별한 경각심이 요구된다. 포털 뉴스의 비약적인 발전과 확대된 역할에 걸맞은 사회적 책무와 제도적 장치 마련에는 소홀했던 것도 사실이다.

인터넷 포털 뉴스도 엄연히 민주사회의 여론을 선도하는 언론의 한 부분이기에, 사회적 공공성을 기반으로 한 건전한 윤리의식의 회복이야말로 시급한 과제가 아닐 수 없다. 이 땅의 미래를 이끌어갈 청소년들의 순수한 정서를 볼모로 한, 저급한 상업주의 행태를 더 이상 수수방관할 수 없다는 점에서 하루 빨리 관련 법령의 손질을 통하여 포털 뉴스의 책임과 한계를 분명히 해둘 필요가 있다.

2005.4.23

비평문 및 자녀교육사례 부록

TV는 언어공해의 주범
– 주말 오락프로그램의 진행자를 중심으로 –

퀴즈를 빙자한 또 하나의 입시
–도전! 골든벨 –

아이 용돈은 '독서인센티브제'로

컴퓨터를 복덩어리로

TV는 언어공해의 주범
- 주말 오락프로그램의 진행자를 중심으로 -

Ⅰ. 들어가는 말

주5일 근무제가 확산되면서 여가문화에도 많은 변화를 예고하고 있다. 늘어난 여가 시간을 적절하게 활용할 수 현실적 방안이 빈약한 상태에서 텔레비전을 접하는 시간은 그만큼 늘어날 수밖에 없다. 텔레비전을 접하는 횟수가 많아질수록 그 영향력은 더욱 커질 것이 분명하다. 특히 주말은 가족들이 함께 모여 텔레비전을 시청하는 시간이 많아져 방송의 역할이 더욱 중요해진 것이다.

정신적으로 성장단계에 있는 어린이나 청소년들이 텔레비전으로부터 받는 영향은 거의 절대적이라 할 수 있다. 이들은 뉴스나 연속극에 흥미를 갖고 있는 어른들과는 달리 오락프로그램에 많은 관심을 갖고 있다. 주말의 경우 오후 5시부터 8시 사이에 오락프로그램이 몰려있어 이들 프로그램의 교육적 역할이 그만큼 중요한 것이다.

오락프로그램은 시청자들에게 재미와 즐거움을 전달하는 것이 목적이다. 그러나 지나친 시청률 경쟁으로 인하여 전문적인 아나운서나 MC가 아닌 인기 연예인을 기용하는 경우가 태반이다. 이로 인하여 오락프로그램의 질적 수준이 저하되고, 그에 따른 폐해도 심각한 수준에 도달한 상태라고 할 수 있다.

오락프로그램에서 진행자의 역할은 두 말이 필요 없을 정도로 중요하다. 진행자의 잘못된 말 한마디가 프로그램 전체에 영향을 미칠 수도 있으나, 더 큰 문제는 사회의 건강성을 해칠 수 있다는 점이다. 따라서 주말 저녁의 주요 시간대(오후 5시부터 8시까지)에 방영되는 오락프로그램의 방송언어를 몇 가지 측면에서 살펴보고자 한다.

II. 몸말

1. 방송 3社의 주말 오락프로그램

가정에서 가족들이 함께 모이는 시간은 주말이라고 할 수 있다. 부모가 직장에 다니거나 학생이 있는 가정에서는 주중(週中)에 온 가족이 함께 모이는 것이 쉽지 않다. 따라서 주말은 일주일 동안 각자의 역할에 충실했던 가족들이 모처럼 함께 모여 쌓였던 대화를 나누며 혈연의 정을 나누는 시간이다. 따라서 특별한 계획이 없으면 텔레비전을 시청하는 경우가 많다.

KBS, MBC, SBS 등 3개 공중파 텔레비전은 대부분 주말 황금시간대를 겨냥하여 오락프로그램을 집중적으로 편성해 놓고 있다. 특히 어린이나 학생들은 이 시간대에 가장 높은 시청률을 보인다. 따라서 주말에 가족들이 모여 텔레비전 시청을 가장 많이 하는 오후 5시부터 8시까지의 방송 3社 오락프로그램을 살펴보면 아래의 표와 같다.

■ 방송 3사의 주말 오락프로그램 현황 (2003년 8월)

매 체	요 일	시　간	프 로 그 램	진 　 행 　 자
KBS1	土	17:10~18:00	퀴즈탐험 신비의 세계	신영일
		18:00~19:00	가족오락관	허참, 박주아
		19:10~20:00	사랑의 리퀘스트	손범수, 손미나
	日	18:00~19:00	열린음악회	황수경
		19:10~20:00	도전, 골든벨	김홍성, 최원정
KBS2	土	17:00~18:00	하이! 5	탁재훈, 정태우, 박정아
		18:00~19:50	자유선언 토요대작전	강병규, 박준형, 쿨
	日	17:00~18:00	쇼 파워 비디오	김경식, 김정훈
		18:00~19:50	일요일은 즐거워	유재석 外 6名
MBC	土	17:10~18:05	생방송 음악캠프	이성진, 정다빈
		18:05~19:00	강호동의 〈천생연분〉	강호동
		19:00~19:55	코미디 하우스	박희진 外
	日	17:10~18:00	생방송 퀴즈가 좋다	임성훈
		18:00~19:55	일요일 일요일밤에	박수홍 外 3名
SBS	土	17:00~17:50	진기록 팡!팡!팡!	이혜승
		17:50~18:50	웃음을 찾는 사람들	심현섭 外
		18:50~19:50	솔로몬의 선택	임성훈
	日	17:00~18:00	콜럼버스 대발견	이경실
		18:00~19:00	뷰티플 선데이	강호동, 이휘재
		19:00~20:00	사이언스파크	이문세, 정지영

2. 전문적인 자질을 갖춘 진행자의 부재

방송 프로그램에서 진행자의 역할은 대단히 중요하다. 따라서 방송 3사에서 주말 주요 시간대(오후 5시부터 8시까지)에 방영하는 주요 오락프로그램의 진행자를 살펴보면 아래의 표와 같다. 단, MBC에서 매주 토요일 방영하는 〈코미디 하우스〉와 SBS의 〈웃음을 찾는 사람들〉의 경우 코미디 전문 프로그램으로서 다수의 개그맨이 등장하기 때문에 통계에서 제외한다. 조사 결과 공영 방송인 KBS1은 모든 프로그램을 아나운서나 전문MC가 맡고 있었으나, KBS2, MBC, SBS는 대부분의 프로그램을 연예인이 맡고 있었으며, KBS2나 MBC는 단 한명의 아나운서도 기용하지 않은 것으로 나타났다.

■ 방송 3사의 주말 오락프로그램 진행자 (2003년 8월)

직 업	진 행 자				합 계	백분율
	KBS1	KBS2	MBC	SBS		
아나운서	7			2	9	23%
전문MC	1	1	1	1	4	10%
탤 런 트		1			1	3%
개 그 맨		8	6	4	18	46%
가 수		5	1	1	7	18%

방송에서 프로그램의 진행자는 전문적인 자질을 갖춘 사람을 기용하는 것이 원칙이다. 비록 재미와 흥미를 유발하는 오락프로그램이라 하더라도 방송언어가 미치는 영향을 고려한다면 전문적인 교육을 받은 진행자를 기용하는 것이 마땅할 것이다. 이때 전문적 진행자란 각 방송국에서 공채를 통해서 선발된 후 일정한 과정을 수료한 아나운서나 프로그램 진행만을 목적으로 활동하는 전문MC를 의미한다. 따라서 아나운서나 전문MC가 아닌 사람들이 프로그램을 맡을 경우 비전문적 진행자로 규정할 수 있다. 아래의 표에 나타난 결과처럼 방송 3社의 주말 주요시간대 오락프로그램은 대부분 비전문적 진행자를 기용하고 있음을 알 수 있다. 다만 KBS1의 경우는 이 시간대의 모든 오락프로그램을 전문적인 진행자에 맡기고 있다.

■ 방송 3사의 주말 오락프로그램 진행자의 전문성 (2003년 8월)

직 업	진 행 자				합 계	백 분 율
	KBS1	KBS2	MBC	SBS		
전문진행자	8	1	1	3	13	33%
비전문진행자		14	7	5	26	67%

이처럼 KBS1을 제외하고는 대부분의 프로그램이 전문적 자질을 갖

춘 진행자를 기용하고 있지 않다는 사실을 확인할 수 있었다. 물론 시청률을 의식하지 않을 수 없는 방송사 측의 입장을 이해하지 못하는 것은 아니다. 또한 오락프로그램의 성격상 시청자에게 재미를 불러일으켜야 한다는 고민도 이해할 수 있다. 그러나 방송사의 근시안적인 시청률 경쟁으로 인하여 천박한 언어공해 시달리는 시청자들의 입장을 외면하고 있다는 점은 비판받아 마땅할 것이다.

프로그램 진행자는 방송에 종사하는 사람들 중 시청자에게 가장 가깝게 접근할 수 있는 위치에 있는 사람이라 할 수 있다. 따라서 진행자가 구사하는 언어는 곧바로 시청자들에게 영향을 미친다. 그런데 자질이 부족한 일부 연예인이 시청률을 높인다는 미명하에 진행을 맡는 경우가 많아 방송 언어가 심각하게 오염되고 있다.

KBS1에서 월요일부터 금요일까지 오전 8시 30분에 진행되는 '아침마당' 프로그램의 이상벽, 이금희 아나운서나 KBS1에서 매주 토요일 오후 7시 10분에 진행되는 '사랑의 리퀘스트' 프로그램의 손범수, 손미나 아나운서의 경우, 우리말의 특성을 잘 살려 쉽고 간결하며 정확하고 교양있는 언어 구사로 시청자들의 귀를 편안하게 한다. 그러나 일부 오락프로그램을 맡은 연예인들은 사투리를 남발하며 자기감정을 억제하지 못하고 괴성을 지르거나 출연자에게 반말을 하는 등 시청자들의 불쾌감을 자아내고 있다.

일본의 대표적 방송사인 NHK의 경우 이미 몇 년 전부터 모든 방송 프로그램의 진행자를 전문적 자질을 갖춘 아나운서로 배치하였다. 따라서 연예인은 물론이고 외부MC마저도 진행자로 기용하지 않는다고 한다. 이는 전파를 타고 전해지는 방송 진행자의 말 한마디가 곧바로 시청자들에게 그대로 전해지는 상황 속에서 그 해악을 바로잡겠다는 의도로 보여 우리 방송사들도 귀감으로 삼아야 할 것이다.

3. 교육적 역할 상실

텔레비전이 언어생활에 미치는 영향력은 실로 대단하다. 특히, 어린이나 청소년들은 대중매체에 대한 신뢰성이 높기 때문에 텔레비전을 통해서 알게 된 언어를 거의 무비판적으로 받아들이는 경향이 있다. 이처럼 방송언어는 국민들뿐만 아니라 자라나는 2세들에게 미치는 영향이 지대하기 때문에 교육성(敎育性)과 품위성(品位性) 및 정확성(正確性)이란 엄격한 기준이 요구되는 것이다.

이 글의 모두(冒頭)에서 밝힌바와 마찬가지로, 주말 저녁은 모처럼 온 가족이 함께 모여 시간을 갖는 등 가족 단위의 활동이 많다. 따라서 특별한 경우가 아니면 주말 저녁 시간에는 가족이 함께 텔레비전을 시청할 개연성이 높은 것이다. 특히 정서적으로 미숙한 어린이나 청소년들은 이 시간대에 오락프로그램이 집중돼 있어 많은 관심을 갖고 있는데도 불구하고 정체성(正體性)을 망각한 비교육적 언어가 안방을 급속도로 오염시키고 있다.

KBS1을 제외한 대부분의 방송사 오락프로그램의 방송언어 오염은 위험수위에 이르렀다고 할 수 있다. 특히 이들 오락프로그램의 진행자부터 적절하지 못한 언어를 사용함으로써 오염을 더욱 부추기고 있는 상황이다.

어떤 경우든 방송에서 사용하는 언어는 어린이나 청소년들이 따라할 수 있다는 가정 아래 올바른 표현을 사용해야 한다. 그러나 일부 프로그램의 경우 한 두 번의 조사로도 곳곳에 비교육적 표현이 난무하고 있음을 확인할 수 있었다.

방송 프로그램의 진행자는 반드시 표준어를 써야함에도 불구하고 사투리를 사용하는 예가 많았다. 사투리의 경우 극적 리얼리티를 살리기 위해서 드라마에서 사용할 수는 있으나 오락프로그램에서 공공연하게 사용하는 것은 표준어 사용의 원칙에 어긋나는 것이다.

특히 MBC「강호동의 천생연분」(8월 2일)의 경우, 진행자인 강호동이 출연자를 향해 "느그가 뭔데, 느그가……"라고 말하는 등 사투리 사용이 다른 진행자들보다 심했다. KBS「일요일은 즐거워」(8월 3일)의 경우, 보조 진행자인 김종석이 "삽질 한번에 일등이랑께, 뭔 소린지 알어유"라며 전라도와 충청도 사투리를 섞어서 사용하는 경우도 있었다.

　방송에서는 가급적이면 된소리나 거센소리의 사용을 삼가야 한다. 그런데 MBC「강호동의 천생연분」(8월 2일)의 경우, 강호동이 '조금만 맛배기로'를 [쪼끔만 맛빼기로], '무대포 정신으로'를 [무대뽀 정신으로]라고 강한 경음으로 발음했으며, SBS「사이언스파크」(8월 3일)의 경우, 이문세가 '가만있어봐'를 [가마써봐봐]로 경음을 섞어 잘못된 발음을 하였다.

　방송에서 맞춤법에 맞는 표현을 하는 것이 당연함에도 곳곳에서 잘못된 표기를 발견할 수 있었다. MBC「강호동의 천생연분」(7월 26일)의 경우, 자막에 '앞 꼬꾸라지기, 뒤 꼬꾸라지기'라고 나온 후 이어 나온 자막에는 '뒤 고꾸라지기'라고 표현함으로써 스스로 잘못된 표기라는 것을 드러냈으며, SBS「뷰티플선데이」(7월 6일)의 경우, 출연자인 '최은주'를 '초은주'라고, 같은 프로그램(7월 20일)에서 '벌러덩 그러나'를 '벌러더 그러나'로 잘못 표기했다.

　어법에 맞지 않는 표현도 확인할 수 있었다. MBC「강호동의 천생연분」(8월 2일)의 경우, 자막에 '무엇 때문에 눈을 마주치지 않으세요'를

'근데 왜 눈을 잘 못 마주치세요?' 라고, 같은 프로그램(7월 26일)에서 '킹카소감을 진지하게 강의하듯' 을 '킹카소감도 진지강의하듯' 으로, '나오는 동안 너무너무 즐거웠어요' 를 '너무너무 즐거웠어요 나오는 동안' 이라고 우리말의 어순을 전혀 무시한 표현을 사용했다.

최근 들어 각종 오락프로그램이 마치 경쟁이라도 하듯 자막언어를 빈번하게 사용하고 있다. 심지어는 한 프로그램에서 1,000회가 넘는 자막을 사용하기도 한다.

그러나 이런 자막에 사용되는 언어들이 무분별하게 외국어를 섞어서 사용함으로써 우리말 사랑의 정신을 방송이 앞장서 훼손하는 사례가 많았다. MBC「강호동의 천생연분」(8월 2일)의 경우, '파워 UP 섹시 회오리', '필(feel)이 통하는 여자보조개' 로, KBS2「일요일은 즐거워」 (8월 3일)의 경우, 'THE END는 TV방영 끝날 때 나오는 것 아녀…', KBS2「자유선언 토요대작전」(7월 26일)의 경우, '오이' 를 'FIVE TO' 로, SBS「뷰티플선데이」(7월 6일)의 경우, '다시 한 번 음악줘요, YO SO SEXY' 로 표기하는 등 전혀 어법에 맞지 않는 외국어 표현을 섞어쓴 자막을 사용했다.

아무리 재미가 생명인 오락프로그램이라 할지라도 이처럼 부분별하게 우리말을 훼손하는 외국어를 사용하는 것은 방송의 교육적 역할을 망각한 것으로밖에 볼 수 없다.

이상에서와 같이 조사대상으로 선정한 프로그램의 한 두회 방영분만 조사했는데도 엄청나게 오염된 비교육적 언어를 곳곳에서 확인할 수 있었다. 특히, 어린이나 청소년들이 많이 보는 주말 저녁 시간의 오락 프로그램 진행자들은 더 더욱 언어사용에 신중을 기해야 할 것이다. 올바른 언어사용에 대한 교육은 학교에서만 이루어지는 것이 아니다. 오히려 방송에 종사하는 사람들의 교육적 책임이 더욱 크다는 사실을 명심할 필요가 있다.

4. 사회 문화적 혼란 야기

인간의 가장 큰 특징은 언어의 사용에 있다. 인간만이 지닌 생각하는 능력도 언어를 통하여 이루어진다. 따라서 인간의 정신세계는 언어환경에 의해 좌우된다고 볼 수 있다. 이때 언어환경은 개인이 소속된 가정을 기본 단위로 학교나 사회로 점차 확대된다.

인간은 부모로부터 언어를 배우고 익히지만 나이가 들어가면서 서서히 주변 환경의 영향을 받는다. 최근에는 정보통신과 매스미디어의 발달로 인하여 인터넷이나 텔레비전 등의 매체가 인간의 언어활동에 많은 영향을 미친다.

이 가운데 텔레비전은 인간의 일상생활에서 접촉 빈도가 매우 높은 매체로써 언어환경에 막대한 영향을 끼치고 있다. 특히 여가문화가 확대됨에 따라 국민들의 텔레비전 시청 시간도 함께 늘어나 전파를 타고 전해지는 방송언어가 사회적인 문화를 형성하고 있다. 특히 오락프로그램에 많은 관심을 갖고 있는 어린이나 청소년층은 방송에서 사용하는 언어를 그대로 흉내내는 경향이 있다.

언어가 오염되면 인간의 정신세계도 오염되며 결국 사회문화적 혼란으로 이어질 것이다. 혼란한 사회문화적 환경은 또다시 오염된 언어를 양산하고 인간의 정신세계를 황폐화시키는 악순환으로 이어질 것이다.

따라서 방송 프로그램의 진행자나 출연자는 국민의 언어 교사로서 항상 그 책무를 잊지 말아야 할 것이다. 이처럼 막중한 책임에도 불구하고 일부 오락프로그램의 경우 엄청난 사회문화적 혼란을 야기하고 있는 것으로 나타났다.

개인적 친분이 있어도 방송에서는 상대방을 존중한다는 의미에서 반드시 경어를 사용해야 한다. MBC「강호동의 천생연분」(7월 26일)의 경우, 진행자인 강호동이 출연자에게 "앉아, 악수해, 화해해, 둘이 마주보고 웃어, 소리내"라고 명령조의 반말을 했으며, 그 다음주 방영분(8월 2일)에서도 마찬가지로 출연자를 향해 "너는 너희집 커텐을 달고

왔냐", "은지원이가 대한민국을 흔들고 있습니다", "들어가 들어가"라며 곳곳에서 출연자를 무시하는 반말을 쉽게 확인할 수 있었다. KBS2 「일요일은 즐거워」(8월 3일)의 경우, 진행자인 유재석이 "너, 이게 장화니 뭐니?", "또, 이것봐라. 나한테 무관심하지……", KBS2 「자유선언 토요대작전」(7월 26일)의 경우, 진행자인 강병규가 "야, 이사람 한방있네", SBS 「뷰티플선데이」(7월 6일)의 경우, 진행자인 이휘재가 "내가 하려고 하는데, 내가 뭘하냐 거기서", SBS 「사이언스파크」(8월 3일)의 경우, 진행자인 이문세가 "상혁이 일루와봐, 와 진짜야", "상혁이한테 지냐, 아유"라는 등 시청자들이 들어 불쾌감을 느낄 정도의 반말이 프로그램 진행자들에 의해 곳곳에서 사용되고 있었다.

지나치게 선정적인 언어사용으로 인하여 퇴폐문화를 방송이 앞장서 조장하는 경우도 있었다. KBS2 「자유선언 토요대작전」(7월 26일)의 경우, 강병규가 출연자에게 "원하는 부위에 키스를 하거나 받을 수 있는 기회를 주겠습니다"라고 말하거나, 자막에 '유니의 섹시댄스', '후끈 달아오른 분위기'라고, MBC 「강호동의 천생연분」(8월 2일)의 경우, '섹시 도발 Hot 댄스', SBS 「뷰티플선데이」(7월 6일)의 경우, '귀여운 신지버전 섹시댄스'라는 등 낯뜨거운 표현이 방송 자막을 타고 아무 거리낌없이 전달되고 있었다.

사회의 건강성을 해칠 수 있는 비속어도 곳곳에서 발견할 수 있었다. MBC「강호동의 천생연분」(8월 2일)의 경우, "뻥치시네", "장난바이러스를 전염시키는 윤씨", "내가 옆구리 쳤어", "나 완전히 새됐어", KBS2「자유선언 토요대작전」(7월 19일)의 경우, "제가 생각이 없는 놈이예요"라고 했으며, 그 다음주 방영분(7월 26일)에서 진행자인 강병규는 "죽여라, 죽여라", "먹고 떨어지라네요"라고, SBS「뷰티플선데이」(7월 6일)의 경우, 강호동이 "내가 뽀뽀하지 말랬지", 이휘재가 "카메라를 잡아먹으란 말야" 등 정제되지 않은 표현들이 여과되지 않은 채 무분별하게 사용되고 있었다.

　방송에서 사용하는 언어는 사회의 문화를 형성하는 근간이다. 따라서 사회의 건강성을 해치는 선정적인 말이 함부로 방송에서 사용되어서도 안될 것이다. 그리고 상대방의 인격을 비하하는 반말이나 비속어의 사용이 국민 정서에 미치는 악영향도 반드시 고려되어야 마땅할 것이다. 물론 모범적이고 예의바른 언어를 사용하는 진행자나 출연자들도 많다. 그러나 조사 결과 자질이 부족한 일부 진행자나 출연자들로 인하여 우리 사회의 문화가 급속히 오염되고 있음을 우려하지 않을 수 없다.

Ⅲ. 나오는 말

방송은 특정한 일부 집단이나 계층이 아니라 모든 국민을 대상으로 하기 때문에 사용하는 언어도 사석에서 개인들이 사용하는 언어와 엄밀히 구분되어야 한다. 물론 일상생활에서는 서로의 친분 관계에 따라 비속하거나 선정적인 말이 사용될 수도 있다. 그러나 방송에서 사용하는 언어는 출연자의 개인적 인간관계를 떠나 방송을 지켜보는 수많은 시청자와의 관계이기 때문에 당연히 품위 있고 절제된 언어를 사용해야 됨은 두말할 필요가 없다. 그러나 일부 프로그램의 경우 상대방의 인격을 존중하지 않은 채 여과되지 않은 속된 말이나 선정적인 말을 함부로 주고받는 것은 불쾌감의 차원을 넘어 언어폭력에 가깝다고 할 수 있다.

방송에서 흘러나오는 말은 무의식중에 시청자나 청취자들이 따라할 수 있는 개연성을 항상 내재하고 있다. 특히, 언어 습득 단계에 있는 어린이나 정서적 발달 과정에 있는 청소년들은 방송에서 흘러나오는 말을 가장 모범적인 말로 오해할 소지가 있다.

따라서 방송 언어는 저속한 은어, 비어, 속어 등을 함부로 사용해서는 안 된다. 때로는 과장된 표현을 할 수도 있으나 그렇더라도 가급적이면 자기감정이 절제된 품위와 격식을 갖춘 표준어를 사용해야 됨은 당연한 것이다. '말이 입힌 상처는 칼이 입힌 상처보다 깊다' 는 속담처럼 분별없이 사용된 방송 언어는 자칫 순수함으로 가득찬 아이들의 정서에 악영향을 미칠 수 있다는 점을 제작자나 출연자들은 항상 염두에 두어야 할 것이다.

혹자는 말이 그렇게 중요하다면, 그것은 교육하는 사람들이 할 일이지 방송에 종사하는 사람들의 일은 아니라고 반문할 수도 있다. 그리고 방송은 어디까지나 사회적 현상을 가장 민감하게 반영하기 때문에 방송 언어도 그에 따라갈 수밖에 없다고 항변할 수도 있다.

물론 틀린 말은 아니지만, 그것은 방송의 정체성을 이해하지 못한데서 온 오해라고 할 수 있다. 즉, 방송은 사적인 이해관계를 떠나 전체 국민의 공익을 우선해야 된다는 존립 근거를 갖고 있다. 특히 공영방송은 국민의 혈세로 운영되기에 말 하나에도 신중을 기해야 되는 것이다. 말은 교육에서만 가르칠 수 있는 것이 아니라, 방송에서 사용되는 언어가 바로 교육인 셈이다.

지식과 정보의 수용성을 강조하는 현대사회에서 방송의 영향력은 절대적일 수밖에 없다. 그만큼 방송의 역할이 크다는 것은, 높은 책무성도 함께 요구된다는 뜻이다. 특히 방송에서 전달하고자 하는 내용은 어린이나 청소년들의 정서에 미치는 영향을 반드시 고려해야만 한다. 언제든지 마음 놓고 자녀들과 함께 즐겁고 편안한 마음으로 방송을 접할 수 있는 권리가 모든 부모에게 있다면, 이는 방송 진행자의 높은 공인 의식과 끊임없는 자질 향상을 통하여 성취될 일이다. 잘 다듬어진 말은 무한한 감동과 행복을 선사한다는 평범한 진리가 방송에서 확인되기를 바란다.

2003.12.28

퀴즈를 빙자한 또 하나의 입시
- 도전! 골든벨 -

1. 퀴즈인가, 쇼인가

자식 키우는 부모치고 텔레비전 때문에 걱정해보지 않은 경우는 거의 없을 것이다. 텔레비전이 재미있는 볼거리와 정보를 신속하게 제공한다는 점은 긍정적이나 장시간 시청할 경우 시간 낭비는 물론 사고 기능의 단순화와 여과되지 않은 정보로 인해 각종 부작용이 발생할 수도 있다. 특히 가치 판단이 떨어지는 어린이나 청소년들은 텔레비전 시청에 더욱 유의할 필요가 있다.

그런 면에서 주말 저녁에 방영되는 「도전! 골든벨」은 오락적 즐거움과 교육적 효과라는 두 마리 토끼를 동시에 잡고 있는 프로그램으로 평가할 수 있다. 특히 같은 시간대의 타 채널에서는 연예인들이 대거 출연하여 볼썽사나운 모습을 연출하며 자기들끼리 희희낙락하는 것과는 달리 청소년들의 순수한 측면을 담고 있어 자녀들과 함께 시청하기에 큰 무리가 없다.

아이들이 성장해가며 텔레비전의 부정적 측면을 염려하여 작년부터 텔레비전 시청은 반드시 가족간의 협의를 거치도록 했다. 만약 가족 가운데 한 사람이라도 반대하면 텔레비전을 볼 수 없도록 했다. 처음에는 아이들의 반발이 거셌지만, 지금은 텔레비전 대신에 책을 읽거나 가족간의 대화에 익숙해져 애초의 목적은 어느 정도 달성하게 되었다. 그러나 「도전! 골든벨」이 시작되는 일요일 저녁 7시만큼은 예외로 했다. 주말 저녁에 가족이 함께 모여 시청하기에 적합한 프로그램이라고 여겼기 때문이다.

김홍성 아나운서의 힘찬 오프닝 멘트와 함께 시작하는 「도전! 골든벨」은 가족간의 화합에도 큰 몫을 한다. 「도전! 골든벨」은 다른 프로그램처럼 수동적이지 않고 얼마든지 자신의 의견을 교환할 수 있다. 특히 교직에 종사하고 있는 사람으로서 학생들의 재기 발랄한 모습을 지켜보는 것은 큰 즐거움이 아닐 수 없다. 또한 몇 년 뒤에 고등학생이 될 아이들에게도 미래의 모습을 상상해볼 수 있는 기회가 되는 등 여러모로 유익한 점이 많다고 생각했다.

이처럼 관심을 갖고 지켜보던 프로그램에 간접적으로나마 참여할 수 있는 기회도 있었다. 금년 3월에 내가 근무하는 학교에서 「도전! 골든벨」 218회가 제작됨으로써 직접 현장을 살펴볼 수 있었던 것이다. 텔레비전에서 50분이라는 방영 시간은 화면을 통해 지켜볼 때는 짧게 느껴졌으나 실제 제작 과정은 그 보다 훨씬 많은 정성과 노력이 필요하다는 사실도 알게 되었다. 아침 8시 30분부터 시작된 녹화는 저녁 6시 30분이 되어서야 끝났다. 당시만 해도 아직 꽃샘추위가 기승을 부리던 때라 한 낮에도 무척 추웠으나 영하의 날씨에도 아랑곳하지 않고 오로

지 프로그램 제작에만 혼신을 다하는 제작진의 노고를 직접 확인할 수 있었다. 다행스럽게도 출연했던 학생들이 열심히 해준 덕으로 38대 골든벨의 주인공이 탄생하는 영광도 누릴 수 있었다.

이처럼 이 프로그램은 장점을 많이 갖고 있으나 상대적으로 고쳐야 할 점도 눈에 띄었다.

우선 이 프로그램의 정체성이 모호하다는 사실이다. 출연자들이 학생이라면 그 내용도 다분히 교육적 측면을 고려하는 것은 당연하다. 그동안 학생을 대상으로 하는 프로그램은 대부분 교육적 성격 때문에 퀴즈방식을 채택한 것이 사실이다. 그런데 이 프로그램은 자칫 딱딱하기 쉬운 퀴즈의 속성에다 오락적 요소를 가미함으로서 색다른 변화를 시도하고 있다. 그러나 오락적 요소가 지나치다보면 오히려 주객이 전도될 위험성도 있다. 적어도 출연하는 학생들은 연예인이 아니기에 그들만의 순수한 모습을 보여주는 것이 바람직하다. 하지만 간혹 출연하는 학생들 가운데 연예인의 모습을 흉내 내는 경우가 있어 눈살을 찌푸리게 한다.

또한 퀴즈프로그램의 생명이라 할 문제의 난이도와 공정성에도 문제가 있어 보인다. 이 프로그램에서 출제되는 문제는 어른들도 모를 정도로 수준이 높은 경우도 있으나, 반대로 초등학생도 풀 수 있을 정도로 무척 쉬운 문제도 있다. 그런데 이렇게 쉬운 문제도 틀리는 경우가 종종 있어 고등학생의 자질마저 의심케 하는 것이다. 어쩌면 자질보다도 텔레비전 화면에 한번이라도 등장하기 위해 일부러 엉뚱한 답을 쓴 것 같다는 인상이 들 정도다. 이 점은 남자 MC가 엉뚱한 답을 한 학생을 중심으로 인터뷰를 하고 카메라도 틀린 답안을 집요하게 담아냄으로써 확인할 수 있다.

그리고 남학교의 경우 거의 예외 없이 남학생들이 여성 MC에게 각종 선물(꽃, 음식, 장신구 등)로 구애 공세를 펼치는 장면은 진부하다못해 식상하게까지 느껴진다. 남학생들이 말 잘하고 용모가 출중한 여성 MC에게 관심을 갖는 것은 어찌 보면 당연하겠으나 매번 학생들의 순수성을 희석시킬 정도의 구애 장면을 연출하는 것은 교육적 의미에서도 바람직하다고 볼 수 없다.

이런 점은 텔레비전의 가시적 효과 때문에 어쩌면 출연한 100명의 학생이 진지한 자세로 문제를 풀기보다는 어떻게 하면 텔레비전에 자신의 모습을 등장시킬 수 있을까하는 심리적 요인을 일정 부분 제작진이 이용하고 있기 때문이다. 실제로 내가 근무하는 학교의 경우, 제작진이 녹화 전에 출연할 학생들을 모아놓고 잘 모르는 문제의 경우 재치(?)있게 답을 써야 방송에 나올 수 있다고 말한 것만 보더라도 이 프로그램의 속성을 이해할 수 있다.

이 프로그램은 분명히 퀴즈를 중심 테마로 내세우고 있음에 틀림없다. 그러나 대중을 상대로 하는 퀴즈프로그램이라면 문제의 정확성뿐만 아니라 다양한 계층의 시청자들에게 미치는 영향도 고려해야 마땅할 것이다. 그럼에도 불구하고 시청률을 담보로 한 억지 춘향격의 웃음유발은 이 프로그램을 수많은 쇼프로그램의 하나로 전락시키는 요인이 되고 있다. 어쩌면 경직되기 쉬운 퀴즈프로그램의 특성상, 오락적인 요소를 가미해야 시청자를 확보할 수 있다는 입장도 일견 이해는 간다. 그러나 그런 부분이 교육적 가치를 뛰어넘을 만큼 중요한 것은 아니다.

결국 이 프로그램의 문제점은 시청자들의 다양한 의견을 수렴하지 않는 방송제작의 획일적 풍토에서 기인한 것으로 볼 수 있다.

2. 아이디어의 부재

「도전! 골든벨」은 현재 KBS의 대표적인 장수 프로그램이라 할 수 있다. 1998년에 시작한 「접속! 신세대」가 1999년부터 「도전! 골든벨」로 타이틀을 변경하여 오늘에 이르고 있다. 방송을 시작한 지 5년이 넘는 동안 몇 가지 측면에서 부분적인 변화는 있었으나, 50문제를 모두 맞춘 학생이 명예의 전당에 오른다는 포맷은 지금까지도 변함이 없다.

따라서 웬만한 시청자라면 골든벨의 구성과 흐름 정도는 훤히 꿰뚫고 있다.

이렇게 오랜 세월동안 천편일률적인 포맷을 고집하다보니 시청자들의 흥미가 반감될 수밖에 없다. 어쩌면 시청자들은 청소년을 대상으로 한 새로운 방식의 포맷을 갖춘 퀴즈프로그램이 등장한다면 곧바로 채널을 돌리겠다는 의식이 잠재해 있는지도 모른다. 방송도 흐르는 물과 같아서 변하지 않으면 결국 시청자들의 외면을 받는 것은 시간문제라 할 수 있다. 자기 매너리즘에 빠진 방송은 한결같이 시청자들의 새로운 욕구를 외면한다는 공통점을 갖고 있다. 그런 면에서 이 프로그램도 아이디어의 한계에 접한 것은 아닌지, 그렇지 않다면 아이디어를 창출해 낼 여력이 없는 것인지 의구심이 든다.

우선 지적할 수 있는 것은 대상이 고등학생으로 제한된다는 점이다. 고등학생들의 재기 발랄한 모습을 시청자에게 전달한다는 측면은 공감하지만 벌써 200회가 넘다보니 '그 밥에 그 반찬'이란 인상을 지울 수 없다. 우리나라의 경우 인문계 고등학교가 대부분이고 그러다보면 입시 준비로 인하여 학생들의 다양한 모습을 담기에는 아무래도 한계가 있다. 그러니 아이들의 장기도 춤, 노래, 연주 등 매번 같은 형태의 모습만 반복적으로 제시할 뿐이다. 따라서 이젠 출연대상을 폭넓게 잡아서 다양한 계층이 참여할 수 있도록 문호를 개방할 필요도 있다. 예를 들어 학생이라면 초등학생이나 중학생 그리고 대학생의 참여도 고려해 볼 수 있다. 또한 주부, 노인, 회사원, 생산직 근로자, 농부, 군인, 운동 선수 등 그 계층은 얼마든지 확대할 수 있다. 물론 2003년 11월 23일 200회 특집으로 각계각층이 참여하는 '국민, 골든벨'을 방연한 바 있다. 그러나 이는 단순히 일회성 이벤트로 끝난 경우라고 할 수 있다. 방송 대상의 폭이 좁으면 결국 프로그램의 생동감이 떨어진다는 단점이 나타나게 마련이다. 이미 「도전! 골든벨」이 시청자들에게 폭넓게 사랑받고 있다면 지금쯤 방송 대상의 폭을 넓혀볼 필요도 있다.

골든벨을 울리기 위해서는 50문제를 모두 맞춰야 한다. 그런데 방송에는 아이들이 푸는 50문제가 모두 나오지 않는다. 물론 녹화 당시에는 모두 풀었겠으나 실제 화면에는 방영되지 않는 문제가 많기 때문에 시청자들의 입장에서는 학생들이 실제로 문제를 풀었는지 의심이 들수밖에 없다. 정도의 차이는 있지만 50문제 가운데 실제 방송에는 편집을 거쳐 20문제 정도가 나온다고 보면 맞을 것이다. 그렇다면 굳이 50문제를 풀어야 할 이유는 없을 것이다. 문제 수를 줄이더라도 차라리 처음부터 마지막 문제까지 모든 과정을 시청자들에게 솔직하게 보여줄 필요가 있다.

아이디어의 부재는 세트에서도 드러난다. 늘 같은 세트로 화면을 채우는 것은 시청자를 배려하는 제작 태도가 아니다. 그렇다고 쇼프로그램처럼 화려한 세트를 바라는 것은 더욱 아니다. 그러나 모든 학교를 몇 년 동안 천편일률적인 세트로 구성하는 것은 바람직하지 않다는 것이다. 중세의 신전 형태를 갖춘 중간 쯤에 골든벨이 매달린 모습과 매번 바꾸지 않고 그대로 걸려있는 현수막은 식상한 느낌을 주기에 충분하다. 학교의 특색과 개성을 살린 세트 제작이 필요하다는 생각이다. 학생들을 구분하기 위해 바닥에 까는 번호판도 각종 낙서와 오물이 묻은 채로 계속 사용하다가 얼마 전에서야 새것으로 교체했다. 이처럼 무성의하게 구성된 화면은 시청자에 대한 성의가 없는 것으로도 비춰질 수 있다.

이 프로그램의 가장 큰 문제점은 다양한 가능성을 지닌 학생들을 대상으로 하면서도 정작 그들이 갖고 있는 미래에 대한 비전이나 포부는 외면하고 있다는 점이다. 프로그램의 시작에서 '문제가 남느냐, 내가 남느냐'라는 오프닝 멘트처럼 오로지 문제풀이에만 혈안이 된 듯한 구성은 이 프로그램의 지향점이 대학입시처럼 치열한 생존경쟁에 있음을 확인시켜주는 증거라 할 수 있다. 따라서 이 프로그램에 나오는 대부분의 학생들은 한결같이 반드시 골든벨을 울리고야 말겠다고 전의를 불태우게 마련이다. 이는 마치 골든벨을 위해 모든 것을 바치겠다는 각오로 들려 이 프로그램이 지나친 경쟁심을 유발하고 있는 것으로 비춰질 수도 있다.

3. 과연 공정한 경쟁인가

퀴즈 프로그램의 생명은 공정성이라 할 수 있다. 그럼에도 이 프로그램은 공정성에 의문이 가는 요소가 곳곳에서 발견된다. 우선 100명의 학생이 촘촘하게 앉아서 문제를 푸는 것부터 잘못됐다고 할 수 있다. 학교에서도 학생들이 시험을 치를 때면 적당한 줄 간격을 유지하고 감독교사가 2명이 들어가는 등 철저하게 부정행위를 차단한다. 물론 학생들을 의심한다기보다는 공정성을 유지하기 위한 수단이다. 그런데 공식적으로 방영되는 퀴즈프로그램에서 빽빽하게 둘러앉은 학생들이 실력 외적인 요인(?)을 발휘할 기회를 주는 것은 바람직하지 않다.

그리고 탈락한 학생들을 구제하기 위해 교사들이 출연하는 「선생님, 살려주세요」코너도 문제가 있다. 이 코너는 학생들의 탈락 정도에 따라 앞당겨 지거나 미뤄질 수도 있지만 대개 15번 문제 안팎에서 진행된다. 그렇다면 1번 문제에서 틀린 학생도 교사들의 활동 여하에 따라 구제받을 수 있다. 그러면 15번 문제까지 한 문제도 틀리지 않고 풀었던 학생이나 1번 문제에서 틀렸던 학생이나 똑같이 16번 문제를 풀기는 마찬가지다. 만약에 초반의 문제풀이에서 틀렸던 학생이 「선생님, 살려주세요」코너를 통하여 구제받아 골든벨을 울린다면 과연 명예의 전당에 올라갈 자격이 있는지 묻지 않을 수 없다.

그리고 참가한 학생들이 모두 탈락하고 최후의 1인이 남을 경우, 「친구야, 도와줘」코너를 통하여 한명의 학생이 대신 문제를 풀어줄 수 있는 기회를 준다. 이것도 엄밀히 따지면 공정성의 원칙에 위배된다. 어찌됐든 퀴즈프로그램이라면 당사자가 문제의 정답을 모를 경우 당연히 탈락해야 마땅할 것이다. 이처럼 정작 본인은 틀렸지만 주변사람의 도움으로 골든벨을 울리는 학생을 그동안 여럿 보았다. 반면에 50문제를 푸는 동안 어느 누구의 도움도 받지 않고 모든 문제를 해결한 학생도 있었다.

퀴즈프로그램의 공정성을 좌우하는 요소 가운데 중요한 요소의 하나는 문제의 난이도라 할 수 있다. 이 프로그램의 경우, 평범한 시청자가 지켜보기에도 매번 문제의 난이도가 확연하게 차이가 나는 것을 확인할 수 있다. 물론 제작진도 난이도의 차이가 발생하지 않도록 최선을 다하겠으나 어떤 학교는 아예 1번 문제부터 높은 난이도로 인하여 많은 학생들이 탈락하는가 하면 또 다른 학교는 20번 문제까지 비교적 낮은 난이도로 인하여 탈락하는 학생이 거의 없는 경우도 있다. 이처럼 문제의 난이도에 대한 의문은 시청자들로 하여금 출연 학교 측의 로비에 대한 의혹을 불러일으킬 수도 있다.

따라서 이와 같은 의혹을 잠재우기 위해서는 어느 학교든 같은 난이도의 문제를 공정하게 제공한다는 원칙을 세울 필요가 있다. 따라서 제작진만 알고 있는 문제 출제 방식보다는 모든 사람들이 알고 있는 전문기관에 의뢰함으로써 보다 투명하고 공정하게 관리할 필요가 있다.

그리고 문제에 따라서는 사회자가 곳곳에서 힌트를 주는 장면을 쉽게 목격할 수 있다. 물론 어느 학교든 체면을 고려해 일정 수준 이상의 문제까지는 풀어야 한다는 의미도 있겠지만 그렇다고 퀴즈프로그램에서 힌트를 남발한다는 것은 결코 바람직한 진행 방법이 아니다. 어떤 문제는 힌트라기보다는 아예 정답을 가르쳐 준다는 느낌이 들었고, 학교에 따라 힌트의 정도가 달라지는 경우도 있었다. 따라서 힌트의 한계를 분명히 정해놓고 방송제작에 임하는 것이 필요하다.

이 프로그램이 퀴즈 방식을 채택하고 있는 한, 가장 중요한 것은 뭐니 뭐니 해도 공정성이라 할 것이다. 이 프로그램의 곳곳에서 노출되는 공정성 시비는 신뢰성을 떨어뜨리는 요인이 되고 있다. 만약 조금이라도 공정성에 문제가 있다고 확인된다면 그것은 이미 퀴즈가 아니라 시청렴을 담보로 한 눈요깃거리에 불과하다고 밖에 볼 수 없다.

4. 지나친 경쟁을 유발한다면

이 프로그램은 학생들이 직접 방송의 주체가 되어 제작에 참여함으로써 방송과의 거리를 좁힐 수 있다는 측면에서 방송의 대중화에 기여하는 측면이 있다. 또한 대중 연예인을 앞세워 무차별적으로 쏟아내는 오락프로그램이 만연한 상황에서 한창 감성이 풍부한 청소년들의 순수한 모습과 재치 발랄한 모습을 담아낸다는 사실만으로도 긍정적으로 평가할 수 있다.

그러나 교육현장에서의 「도전! 골든벨」은 이미 단순한 교양프로그램으로 여기지 않고 있다는 데 문제가 있다. 골든벨을 울리느냐 그렇지 않느냐는 이미 그 학교의 질적 수준을 가늠하는 잣대로 인식되고 있기 때문이다. 필자가 근무하는 학교도 지역에서는 어느 정도 알려져 있지만 전국적인 지명도는 없었다. 그런 학교가 이 프로그램을 통하여 전국에 알려지고 그것도 골든벨을 울린 학생까지 배출하게 되었으니 개교 이래 최대의 경사가 아닐 수 없었다. 시내 곳곳에는 현수막으로 뒤덮였고 지역 언론에서는 하루아침에 명문이라도 된 듯 야단법석을 떨기도 했다. 골든벨을 울린 학생은 물론이고 부모님까지도 일약 지역의 유명

인사 대열에 올라섰다. 이쯤 되면 학교 홍보로서는 최대의 효과를 올린 것이나 다름없다. 반면에 골든벨을 울리지 못한 학교는 마치 교육력이 떨어지는 학교로 비춰져 학교 관계자들을 난감하게 만들기도 한다.

이 프로그램의 출연이 결정된 학교는 골든벨을 울리기 위해 많은 기간 동안 준비하는 것으로 알고 있다. 학교의 명예가 달려있기에 어떻게든 출제될 문제에 대한 정보를 입수하려 들고, 각 교과별로 예상문제를 제작하여 학생들에게 제공한다. 학생들의 입장에서 보면 또 다른 형태의 입시나 마찬가지인 셈이다.

문제는 이 프로그램의 절차나 목표가 철저하게 경쟁을 지향한다는 점이다. 이미 50문제를 모두 맞춰야 골든벨을 울린다는 목표가 정해졌기에 학생들은 오로지 문제풀이에만 모든 것을 걸어야 한다. 엄청난 경쟁을 뚫고 만약 골든벨을 울리게 된다면 자신의 명예는 물론이고 푸짐한 선물에 장학금 혜택까지 주어지니 이를 누가 마다하겠는가? 골든벨을 울리기 일보 직전까지 간 학생이 마지막 문제를 풀지 못해 눈물을 글썽거리는 장면을 흔히 볼 수 있다. 골든벨을 울리지 못하면 마치 인생의 실패자라도 된 양 낙심하는 모습을 지켜보는 것은 시청자의 입장에서 볼 때 여간 곤혹스런 일이 아니다.

5. 교육적 가치를 최우선으로

대부분의 텔레비전 프로그램이 시청률의 볼모가 되어 교육적 가치를 외면하고 있는 상황에서 「도전! 골든벨」만큼은 교육현장과 학생들의 재기 발랄한 모습을 몇 년 동안 변함없이 담아내고 있는 점에서 높이 평가할 수 있다.

그러나 이 프로그램이 공교육의 장점보다는 단순히 퀴즈를 통하여 경쟁심리를 유발한다는 점에서 또 하나의 입시를 조장한다는 비판이 상존하는 것도 사실이다. 사실 학생들이 공부를 잘한다는 것은 인간이 가진 수많은 능력 가운데 하나라고 볼 수 있다. 마찬가지로 퀴즈를 잘 풀 수 있는 것도 수많은 능력 중의 하나일 따름이다. 그렇기 때문에 이 프로그램의 중심 설정인 퀴즈가 곧 그 학생의 모든 것을 말해주고 그 학교의 위상을 결정하는 듯이 비춰지는 것은 결코 바람직한 것이 아니다.

적어도 이 프로그램이 공영방송인 KBS를 통하여 제작된다면 사교육의 열풍에 밀려 곁가지로 전락한 공교육의 신뢰회복에 초점을 맞추는 것이 더욱 바람직할 것이다. 그런데도 공영방송에서 갖가지 상품과 특전을 걸고 경쟁을 강요하며 결국 끝까지 문제를 푼 학생에게 모든 영광을 돌리는 것은 분명 잘못된 것이다. 이것은 요즘 우리사회에서 유행병처럼 번지고 있는 '대박 문화', '로또 문화'의 한 전형으로 볼 수도 있다.

　사실 이 프로그램을 유심히 지켜보면 잘 짜여진 틀에 학생들을 꿰맞추고 있다는 사실을 알 수 있다. 이것은 녹화단계에서도 그대로 드러난다. 학생들의 창의성보다는 미리 학생들과 입을 맞추고 충분한 연습을 거쳐 그대로 재연한다는 측면에서 일종의 쇼에 가깝다고 할 수 있다. 그렇기 때문에 학생들은 어떻게든 화면에 한 번이라도 등장하기 위해서는 엉뚱한 답을 쓰거나 억지웃음을 만들어낼 필요가 있다.

　서두에서 말한 바와 같이 각종 눈요기나 말장난이 뒤섞인 쇼 프로그램이 난무하는 현실에서 이 프로그램은 그나마 자녀들과 함께 시청하기에 큰 무리가 없다. 그렇기 때문에 이 프로그램에 대한 기대 수준도 그만큼 높아질 수밖에 없는 것이다.

　녹화 현장을 온종일 지켜봤던 시청자의 한 사람으로서 프로그램 한 편을 만들기 위해 제작진이 얼마나 많은 고생을 하고 있는 지도 알 수 있었다. 그렇지만 이렇게 좋은 프로그램이 다양한 변화와 교육적 가치를 더 많이 담아내지 못하고 있다는 측면에서 볼 때는 아쉬운 점이 많다. 좀더 참신한 기획으로 시청자들에게 가까이 다가갈 수 있는 프로그램이 되길 바란다.

아이 용돈은 '독서인센티브제'로

초임 교사 시절부터 지금까지 국어 과목을 지도하면서 느낀 애로사항 중의 하나가 학생들이 책을 읽지 않는다는 점이다. 물론 인문계 고등학교에서 당장 급한 대학입시를 제쳐놓고 학생들에게 독서를 강조할 수도 없는 현실이고 보면, 기대할 수 있는 것은 학생들 스스로의 자율적인 독서라고 할 수 있다. 그러나 문제는 독서에 관심을 갖고 있는 학생이 거의 없다는 것이다.

학생들이 독서에 관심이 없는 근본 원인은 대개 어렸을 때부터 자라온 환경에 기인한다고 볼 수 있다. 하루가 다르게 발전하는 문명은 현란한 볼거리를 쏟아내고 있다. 과거처럼 책이 아니더라도 즐거움을 줄 수 있는 요소는 주변에 널려있기 때문에 굳이 책을 읽을 필요를 느끼지 못하는 것이다.

책 읽는 것 외에는 특별한 흥밋거리가 없었던 시대에는 부모들이 일일이 독서에 대하여 간섭하지 않아도 아이들이 책을 읽었으나, 감각적인 주변환경속에서 수많은 유혹을 받으며 자라나는 아이들의 독서 능력은 어려서부터 부모의 관심과 역할속에서 길러진다고 할 수 있다.

그러나 요즘의 부모들은 자녀들의 성적과 관련된 학과 공부에만 관심을 기울인다. 즉, 장기적인 관점에서 아이의 지적 능력을 향상시키기보다는 단기적으로 눈앞에 드러나는 성적만을 중시하는 것이다. 어떤 부모는 아이가 책을 읽고 있으면 마치 대학 입시에 실패할 것처럼 여긴다고 한다.

이렇게 성장한 아이들은 한 권의 책보다는 학교 성적과 관련된 교과목에만 주력했지, 차분하게 자신의 인격과 지적 저변을 확대할 수 있는 독서에 무관심한 것은 당연하다. 물론 학교에서 선생님으로부터 독서가 중요하다는 말은 귀가 아플 정도로 듣지만, 대개 한 귀로 듣고 한 귀로 흘려 버리는 경향이 있다.

어려서부터 학과 공부에만 길들여진 아이들은 오히려 책을 지겨워한다. 말하자면 책읽기의 즐거움보다는 교과서라는 책을 통하여 오히려 치열한 생존경쟁을 배우다보니 아무리 훌륭한 양서를 쥐어주더라도 넌덜머리를 내는 것이다. 따라서 아이가 어려서부터 독서의 즐거움을 느낄 수 있도록 부모가 환경을 만들고 실천하는 것이 무엇보다 중요한 것이다.

한번은 수업시간에 아이들이 얼마나 책을 읽고 있는지 조사해 본 적이 있다. 놀랍게도 한 반에 35명의 학생 가운데 월평균 1권의 책도 읽지 않는다는 학생이 10명 가까이 됐다. 책을 읽는 학생들도 대부분 2권 안팎으로 독서량이 대단히 미흡한 것을 알 수 있었다. 이런 현실을 익히 알고 있던 터라 내 자식만큼은 어려서부터 책과 친숙해질 수 있는 환경을 만들겠다고 결심하게 되었다.

관심 바꾸기

결혼하고 아이가 태어났다. 유치원까지는 남들과 다를 바 없이 키웠다. 아이가 좋아하고 관심있는 것을 할 수 있도록 하고, 가능하면 부모가 어떤 목적을 갖고 의도적으로 개입하지는 않았다. 아내가 그림책을 사다주고, 동화도 틈틈이 읽어주고 했으니 그것으로 족하다고 생각한 것이다. 그리고 한창 영상물이 지능계발에 좋다는 광고가 많이 나오던 때라 다양한 종류의 유아교육 및 동화 비디오를 사서 틀어주는 것이 전부였다.

그런데 이것이 잘못된 방법이었다. 어려서부터 본 비디오가 습관처럼 굳어진 것이다. 물론 처음에는 그림책에 관심을 보이기도 했으나 얼마가지 못했다. 그림책보다 훨씬 감각적인 요소를 지닌 비디오를 좋아한 것은 어쩌면 그 나이의 아이에게 당연한 것인지도 몰랐다.

여섯 살이 되어 유아원에 보냈는데, 그곳에서도 원생들에게 비디오를 틀어준 것 같았다. 아이가 집에 돌아와 똑같은 내용의 비디오를 사달라고 성화를 부리는 바람에 애를 먹은 적이 한 두 번이 아니었다. 심지어는 아침에 일어나면 비디오부터 틀려고 했다. 영상물에 젖어든 녀석에게 좋은 그림책이 눈에 들어올 리가 없었다.

심사가 틀려 보채다가도 비디오만 틀어주면 잠잠해지는 녀석이었다. 아이에게 한창 관심을 가져야할 아내도 둘째를 갖고 힘에 겨운지 비디오를 틀어주는 일이 잦아졌다. 이것도 일종의 아이가 커가는 과정이겠거니 여기면서 대수롭지 않게 여겼다.

유치원에 다니면서부터는 컴퓨터를 하는 시간도 잦아졌다. 유치원에서 배웠는지 컴퓨터 게임 하는 법을 알고 있었다. 그때까지만 해도 컴퓨터는 아빠가 워드 작업할 때를 제외하고는 사용하지 않았다. 아이는 틈만나면 비디오를 보든지 그렇지 않으면 컴퓨터 게임을 했다. 어떤 때는 재미있는 컴퓨터 게임을 사달라고 조르기도 했다.

비디오와 게임에 한창 빠진 녀석이 당연히 책을 가까이 할 리가 없었다. 초등학교에 입학하고도 1년 가까이 텔레비전과 컴퓨터에 빠져 지냈다. 그 영향으로 초등학교 1학년을 마칠 즈음 안경까지 쓰게 되었다. 상황이 이쯤되니 더 이상 아이를 방치해서는 안되겠다는 생각이 들었다.

그래서 시작한 것이 아이가 텔레비전 보는 시간과 컴퓨터 게임하는 시간을 제한했다. 아내와 나는 아이에게 기본적인 컴퓨터 사용능력을 가르쳐주고, 텔레비전 시청은 하루 30분을 넘기지 않도록 했다. 나머지 시간은 아이와 함께 놀이를 하거나 책을 읽어주었다.

처음에는 달라진 분위기에 적응이 안 됐는지 볼멘소리를 하던 아이도 차츰 시간이 지나며 텔레비전과 컴퓨터에서 멀어지기 시작했다. 그러나 아직은 수동적인 태도가 남아 있는지라 능동적으로 사고를 할 수 있기까지는 시간이 더 필요했다. 어찌됐든 틈만나면 텔레비전을 틀거나 컴퓨터 게임을 하던 습관은 고쳐지기 시작했다.

독서 환경과 친밀해지기

아이의 관심을 돌리는 것에 일정한 성과를 거두자, 이제는 본격적으로 책과 가까워질 수 있는 환경을 만들기로 했다. 저녁시간이면 일찍 식사를 마치고 아내와 나는 가급적이면 책을 들고 소파에 앉았다. 그러나 아이에게 책을 같이 읽자고 권하지는 않았다. 다만 부모가 책읽는 모습을 친숙하게 느낄 수 있기를 바라는 마음이었다.

그리고 가끔 시간이 나면 아이와 함께 산책을 나갔다. 내가 살고 있는 곳에서 얼마 떨어지지 않은 곳에 시립도서관이 있다. 그 도서관은 부춘산이라는 작고 아담한 산의 중턱에 자리잡고 있었다. 부춘산은 내가 어릴적에 오르내리며 놀았던 공간이라 지금까지도 무척 친근하게 느껴지는 곳이다. 부춘산을 배경으로 가볍게 산책을 하며 주고받는 시간은 아이도 무척 좋아했다.

아름다운 자연을 배경으로 아빠와 함께 대화를 나누는 것에 익숙해질 무렵 아이는 산 중턱에 위치한 건물에 대하여 호기심을 가졌다. 아이가 관심을 갖기 시작하자 그 건물로 자연스럽게 발길을 옮겼다. 물론 아이는 이곳이 도서관이라는 생각은 전혀 못했고, 도서관의 개념조차도 모르고 있는 상태였다.

처음 도서관에 갔을 때는 낯선 환경에 당황하는 기색이 역력했다. 많은 사람이 있었지만 한 사람도 떠들거나 딴짓하지 않고 책을 고르거나 책상에 앉아 책을 읽고 있으니 색다르게 느낄 수밖에 없었다. 생소한 분위기가 어색했던지 처음에는 얼마 있지 못하고 집에 가자고 조르기 일쑤였다.

이렇게 산책을 하는 날은 반드시 도서관에 들렀다. 도서관에 들어가서는 내가 먼저 책을 고르고 책상에 앉아 읽는 모습을 보여 주었다. 물론 아이에게는 책을 읽으라는 말은 일절 하지 않았다. 그러나 시간이 지나며 차츰 무료했던지 서가에 꽂힌 책을 만져보기 시작하였다. 그리고 자신이 마음에 드는 디자인의 책을 골라 살펴보기 시작했다.

집에서는 부모가 도서관에서는 많은 사람들이 열심히 책을 읽고 있는 모습을 자주 접하자 아이도 서서히 책에 흥미를 갖기 시작하였다.

이런 생각이 들자 아이는 도서관에 가서도 자연스럽게 책을 골라 읽기 시작하였다. 그전 같으면 빨리 집에 가자고 조르기 일쑤였으나 내가 집에 가자고 하기 전까지는 결코 먼저 가자는 말을 꺼내지 않았다.

이처럼 독서 분위기에 익숙해지기까지는 대략 삼개월 정도의 시간이 소요되었다. 집에서 부모가 책을 읽고 있으면 아이도 동화책을 꺼내 읽기 시작하였고, 아빠와 함께 도서관 가는 날을 손꼽아 기다렸다. 이제 아이는 도서관을 내집처럼 여기게 된 것이다.

대화하며 책읽기

아이가 독서환경과 친밀해졌고 책에 대한 관심도 갖기 시작했기 때문에 본격적으로 책을 읽을 수 있도록 도와주기로 했으나, 특별한 방안은 없고 부부가 함께 아이와 같은 책을 읽고 얘기를 나누는 방식을 택했다. 예를 들면 '금송아지' 라는 동화 한편을 읽었으면 [참고1]에서와 같이 그 내용에 대하여 몇 가지 대화를 나누었다.

[참고1] '금송아지' 를 읽고 나눈 대화

아빠 : 엄마, 아빠도 '금송아지'를 재미있게 읽었는데 수정이도 재미있게 읽었니?

수정 : 네, 저도 재미있었어요.

엄마 : 그러면 수정이는 책에서 무엇을 느꼈니

수정 : 착한 마음씨를 먹어야 한다고 생각했어요. 나쁜 마음을 먹으니까 박
　　　 서방네 금송아지는 계속 쇠똥만 쌌잖아요.

아빠 : 그래, 좋은 생각했어. 가난한 농부가 금송아지를 얻게 된 것은 바로
　　　 그 착한 마음씨 때문이란다.

수정 : 그런데 아빠, 저도 금송아지를 갖고 싶어요.

아빠 : 그렇구나. 수정이도 금송아지를 가질 수 있단다. 평소에 착한 마음
　　　 으로 살다보면 수정이도 언젠가는 복을 받을거야.

엄마 : 그래, 아빠 말씀이 맞단다. 이 책에서 가장 중요한 것은 가난한 농부
　　　 가 부자가 된 것이 아니라 농부의 착한 마음씨 덕에 어머니의 병환
　　　 을 고칠 수 있었다는 점이야. 따라서 자기를 낳아주고 길러주신 부
　　　 모님께 어떻게 해야하지.

수정 : 박서방처럼 속을 썩이지 말아야 해요.

아빠 : 맞아, 그렇단다. 우리 수정이 '금송아지' 읽고 정말 많은 것을 배웠
　　　 구나.

엄마 : 어때, 동화책 읽으니까 재미도 있으면서, 모르던 사실도 깨닫게 되
　　　 었지. 앞으로 열심히 읽으면 수정이 머릿속에 좋은 생각들이 차곡차
　　　 곡 쌓이게 될거야.

수정 : 네, 열심히 읽을게요.

예전 같으면 가족간에 별다른 대화 없이 각자 자기 할 일을 하든가,

그렇지 않으면 텔레비전을 보거나 컴퓨터를 했으나, 이젠 같은 책을 읽고 그 내용에 대하여 서로 의견을 교환하기 시작하면서 가족간의 사랑이 더욱 깊어지게 되었다.

당시 아내는 방송통신대학을 다니며 졸업시험 준비에 바빴고, 나도 대학원에 입학시험을 준비하고 있던 터라 부부가 함께 공부할 시간이 많았다. 물론 집에서 공부할 때도 있었으나, 많은 시간은 내가 직접 아이를 데리고 도서관으로 갔다. 아빠는 시험공부를 하고, 아이는 이제 능숙한 솜씨로 서가에서 책을 뽑아 읽었다. 이렇게 몇 달 동안 아빠와 함께 도서관을 다니기 시작하니 아이의 독서력도 향상되기 시작했다.

이제는 도서관에서 읽는 책만으로는 만족하지 않고, 집에 돌아올 때면 반드시 자신과 아빠의 도서대출카드를 이용하여 몇 권의 책을 빌렸다. 집에 와서도 틈만 나면 도서관에서 대출한 책을 읽는데 시간을 보냈다. 물론 우리 부부도 각자 공부를 하면서 틈을 내 아이가 읽는 책을 함께 보고 대화를 나누는 데 게을리하지 않았다. 아이는 이제 자기 스스로 책을 읽는 버릇이 자연스럽게 형성되었다.

이렇게 일년 정도를 가족이 함께 책을 읽고 공부하면서 아내는 방송통신대학 보건위생과를 우수한 성적으로 졸업하였고, 위생사 자격증과 조리사 자격증을 함께 취득하였다. 그리고 나도 대학원에 진학하여 방학 때마다 서울에 올라가 가족과 떨어져 강의를 받아야 했다. 아빠가 없어도 아이는 저 혼자서 도서관을 찾아가 필요한 책을 찾아 읽기 시작했다.

독서의 생활화 및 질적 향상

아이를 위해 시작했던 책읽기는 이제 가족모두의 생활이 되었다. 책 읽는 재미를 알게된 아이는 텔레비전이나 컴퓨터를 하는 것보다 책읽는 것에 더 관심을 가졌다. 어쩌다 가족끼리 자동차를 타고 원거리 여행이라도 가게되면 녀석은 반드시 책부터 챙겼다. 달리는 차안이라고 녀석의 책에 대한 관심이 바뀔 수는 없었다.

아이가 도서관에 처음으로 갔을 때 읽던 책은 글씨가 크고 분량이 적은 그림책이었다. 그러면서 점점 만화로 된 책에 관심을 갖기 시작했다. 그런데 책을 읽는 것은 좋으나 만화 형식의 책에 너무 빠지다보니 걱정이 되었다. 그래서 생각한 것이 만화로 된 책을 읽는 것이 어떤 점에서 상상력을 저해하는지 설명해 주고, 가능하면 글씨만 나와 있는 책을 읽는 것이 같은 내용을 읽더라도 훨씬 도움이 된다고 강조했지만 아이가 쉽게 이해하지는 못했다.

지속적인 설득이 주효했던지 시간이 지나며 아이는 만화로 된 책보다는 글만 나와 있는 책을 읽으려고 노력하는 모습이 보이기 시작했다. 그리고 읽는 책도 동화 중심에서 문학, 과학, 상식, 음악, 미술 분야 등 다양한 분야로 넓혀나갔다.

아이는 대부분의 책을 도서관에서 읽는다. 그러나 도서관이 문을 닫을 시간이 되면 읽고 싶은 책을 대출하여 집으로 가져와 읽는다. 아이가 도서관에 갈 경우 읽는 책은 평균 2권 안팎이다. 대출하여 집에 가져와서 읽는 책을 합할 경우 상당한 독서량이 된다.

작년에 아이가 대출한 책은 월평균 8권 정도다. 물론 한 달에 도서관을 찾는 횟수가 6번 정도 되므로 갈 때마다 평균 2권씩 읽었다고 가정하면 한 달에 20권 안팎의 책을 읽는다고 볼 수 있다. 작년 3월에는 대출한 도서의 수만 22권이었다. 도서관에서 읽은 책을 합하면 3월 한 달 동안 무려 30권 이상의 책을 읽은 것이다. 실로 놀라운 독서량이었다. [참고2]의 내용은 2002년도 3월에 도서관에서 대출한 도서 목록이다.

[참고2] 도서관에서 대출해서 읽은 책 목록(2002년 3월)

순서	도 서 명	대출일	순서	도 서 명	대출일
1	창선감의록	3.3	12	세상을 넓게~	3.19
2	김원전	3.3	13	연어	3.21
3	호랑이 잡은 피리	3.3	14	임경업전	3.24
4	재미있는 세계사(1)	3.3	15	세균삼총사는~	3.24
5	재미있는 세계사(2)	3.3	16	스쿨버스를~	3.24
6	재미있는 세계사(3)	3.3	17	한자숙어박사	3.24
7	재미있는 세계사(4)	3.3	18	중국이야기(1)	3.31
8	재미있는 세계사(5)	3.3	19	중국이야기(2)	3.31
9	풀잎사랑	3.13	20	중국이야기(3)	3.31
10	호머이야기	3.13	21	중국이야기(4)	3.31
11	이 시대를 사는 ~	3.19	22	중국이야기(5)	3.31

책을 읽는 것도 중요하지만, 읽은 책의 내용을 바탕으로 세상을 보는 시각을 넓혀주기 위하여 어린이신문을 정기 구독하여 읽도록 했다. 어린이신문의 내용 가운데 상당 부분이 도서관에서 읽은 책의 내용을 확인할 수 있기 때문에 독서 피드백의 역할을 할 수 있었다. 아이도 어린이 신문에 흥미를 갖고 아침마다 신문 보는 습관을 들였다.

용돈은 '독서인센티브제'로

독서도 일종의 자기개발을 위한 노력이라고 보면 아이가 좀더 좋은 책을 스스로의 힘으로 읽어볼 수 있게 하며, 독서를 통하여 다양한 지식을 습득하기 위해서는 독서 분위기를 조성하는 것도 중요하겠으나 그보다 더 필요한 것은 독서에 대한 동기부여라고 생각했으며, 그래서 생각한 것이 '독서인센티브제'를 통한 용돈주기 프로그램이다.

자식을 기르는 부모치고 아이 용돈 문제에 대하여 고민해보지 않은 사람은 없을 것이다. 어려서부터 아이들에게 물질의 올바른 가치를 심어주는 것은 무척 중요하다. 아이에게 용돈을 줄 때는 매월 일정액의 용돈을 주거나 그렇지 않으면 상황이나 여건에 따라 임의적으로 용돈을 주는 경우도 있을 것이다.

독서인센티브제를 시행하기 전까지는 아내가 아이에게 매달 일정액의 용돈을 주었다. 아이는 정해진 날짜가 되면 당연히 용돈을 받는 줄 알았고, 그 돈의 가치에 대해서는 생각해볼 필요가 없었다. 그러나 아이가 독서에 재미를 붙이고, 많은 책을 읽게 되면서부터 지속적인 독서 습관의 형성을 위해 일정한 동기 부여의 필요성을 느끼게 되었다. 그래서 생각한 것이 독서인센티브제를 통한 용돈주기 프로그램이었다.

아이는 매월 일정액의 용돈을 받는 것이 아니라, 아빠가 만들어준 독서기록용 책자에 자신이 읽은 책의 내용을 간단히 기록한 후 확인을 거쳐 점수를 계산하고 용돈을 받는다. 책을 많이 읽은 달은 용돈을 많이 받을 수 있으나 적게 읽으면 그만큼 용돈을 적게 받는 것이다. 책을 읽음에 따라 지식이 쌓이고 그에 따라 자신의 노력에 대한 대가도 받을 수 있어 일거양득의 효과가 있었다.

　독서인센티브제를 시행하며 가장 중요한 것은 독서 내용에 대한 점수를 부여하는 기준표의 작성이었다. 모든 책을 똑같이 배점하지 않고 만화 형태로 되어있는 책은 창의성이 결여되어 있다고 보고 가장 낮게 배점을 하고, 아이가 아직 초등학생인 점을 감안하여 그림이 나와있는 책은 비교적 높게 배점하고, 글만 나와있는 책은 아이의 풍부한 창의력을 길러줄 수 있다는 점에서 가장 높은 점수를 부여했다.

　그리고 아직은 어린 나이기 때문에 모범적인 사례라든지 다양한 간접경험을 할 수 있는 내용의 책에 대한 평가를 높게 했다. 위인전과 문학 가운데 소설 그리고 역사와 과학, 학습 등의 책에 대해서도 가장 높은 배점을 했다. 이와 같은 기준으로 [참고3]에서와 같이 점수표를 만들어 아이의 책상 앞에 부착했다.

[참고3] 독서점수표

도서＼분류	위인전	문학(동화포함)				역사	과학	학습	교양	예술	기타
		시	소설	수필	기타						
일반도서	30	20	30	20	10	30	30	30	20	20	15
그림도서	20	10	15	10	5	15	15	15	10	10	10
만　　화	5	5	5	5	5	5	5	5	5	5	5

차등 배점을 통하여 아이가 될 수 있으면 양서를 많이 접할 수 있도록 유도하였다. 이렇게 해서 책 한권 읽을 때마다 독서기록장에 [참고 4]에서와 같이 간단하게 내용을 기록하게 하였다.

[참고4] 독서기록표

순 서	책 제 목	저 자	읽 은 날 짜	분 류	마일리지	
					점수	총점
1	돌아오지 않는 개	이환제	2002. 2. 6	그림 동화	15	30
독서 소감						
이 책은 인간과 제일 친한 동물인 개와 관련된 실제 있었던 12가지 이야기를 모아 놓았다. 그 중에서 가장 감명 깊었던 이야기는 두 번째로 제목은 '보비는 떠돌이 개가 아니에요' 라는 글이다. 내용을 보면 조셉은 목동이었고 보비는 조셉을 따라다니는 사냥개였다. 조셉과 보비는 마치 형제처럼 붙어다니며 지내는 사이였다. 보비는 조셉이 속이 상해 있으면 살금살금 다가가서 위로를 해주었다. 그러던 어느날 조셉이 몹쓸 병에 걸려 죽게 되자 보비는 조셉의 무덤을 9년 넘게 지키다가 죽는다. 배신을 모르는 충직한 개의 모습은 사람이 배워야 할 점이다.						

기록한 내용을 확인하고 점수화하여 100점 이상부터 자신이 용돈이나 도서상품권 가운데 한 가지를 택할 수 있게 했다. 여기서 독서마일리지가 100점 이상일 경우 용돈은 2,000원을 받을 수 있으나 도서상품권으로 받으면 5,000원에 해당된다. 따라서 아이가 가능하면 용돈

보다 도서상품권을 선택하게 함으로써 지속적인 독서를 가능하도록 했다. [참고5]는 독서인센티브에 따른 기준표이다.

[참고5] 독서인센티브표

순 서	마 일 리 지	도 서 상 품 권	용 돈
1	500점이상	도서상품권 6장	20,000원
2	300점 이상	도서상품권 3장	10,000원
3	200점 이상	도서상품권 2장	4,000원
4	100점 이상	도서상품권 1장	2,000원

아이는 독서인센티브제에 의욕을 갖고 실천했다. 지난해 8월의 경우 아이는 100점을 넘기고 300점이 안 된 상황에서 독서기록표를 가져왔다. 일일이 확인하고 점수의 합계를 내니 200점이 되었다. 용돈을 택할 줄 알았던 아이는 의외로 도서상품권을 받겠다고 했다. 물론, 이미 준비된 도서상품권을 주었다. 아이는 곧바로 서점에 달려가서 책을 사들고 왔다. 그 후 아이는 용돈이 필요하거나 새롭게 나온 책을 사보고 싶다는 생각이 들면 자신이 읽고 기록한 독서기록장을 가져와서 용돈이나 도서상품권으로 바꿔갔다.

[참고6]은 아이가 지난해 8월에 책을 읽고 용돈을 신청한 내역이다.

[참고6] 독서인센티브제에 따른 계산 내역 (2003년 1월)

순서	분류	내용	도서명	마일리지	
				점수	총점
1	그림도서	소설	노트르담의 꼽추	15	15
2	일반도서	소설	젊은 베르테르의 슬픔	30	45
3	일반도서	소설	몽테크리스토백작	30	75
4	일반도서	소설	햄릿	30	105
5	일반도서	소설	죄와벌	30	135
6	일반도서	소설	괴도 신사 뤼팽	15	150
7	일반도서	동화	생각을 먹고 자라는 아이들	15	165
8	만화	교양	재미있는 만화 속담풀이	5	170
9	그림도서	학습	한국사박물관(1)	15	185
10	그림도서	학습	한국사박물관(2)	15	200
총점 : 170점(도서상품권 2장이나 용돈 4,000원 중 택일)					

독서의 효과

텔레비전과 컴퓨터에 빠져있던 아이에게 독서 환경을 조성하여 생활화시키는 데는 일단 성공적이었다. 집안부터 책읽는 분위기로 바꾸고, 인근에 있는 도서관을 친근하게 드나들 수 있도록 함으로써 책에 대하여 관심을 갖게 된 것이다.

이렇게 형성된 독서 생활화 습관은 아이에게 많은 부분에 영향을 주었다. 책을 통하여 얻은 지식이 생각과 행동의 변화를 가져온 것이다.

자신만 생각하는 것이 아니라 타인에 대한 배려를 할 줄 알게 되었으며, 웃어른을 섬길 줄 알며 형제간에 우애를 하는 모습이 두드러지게 나타났다.

학교 공부에도 자신감을 심어주었다. 책을 통하여 얻은 다양한 배경지식은 학교 수업의 이해를 도왔고, 그러다보니 교과학습내용에 대하여 흥미를 갖는 계기가 되었다. 그리고 책을 통하여 얻은 다양한 부류의 삶을 통하여 자신의 확고한 적성을 발견하게 되었다. 아이는 현재 세계적인 헤어디자이너가 되겠다는 생각을 갖고 있다.

독서인센티브로 용돈을 주면서 아이는 돈의 소중함을 느낄 수 있었다. 자신의 노력으로 얻어진 돈이기에 함부로 낭비하는 버릇이 없어졌다. 용돈은 독서기록장에 나타난 내용을 토대로 점수를 계산하여 받았고, 그마저도 대부분 도서상품권을 선택하여 지속적인 독서로 연결되었다.

아이들의 독서습관은 대개 어릴 적에 형성된다. 지미 카터 전 미국 대통령은 어린 시절에 늘 식탁에 앉아 책을 읽고 있는 어머니 릴리언 여사의 영향을 받아, 자신도 열심히 책을 읽었다고 한다. 틈만나면 책을 읽는 카터의 모습을 보며 그의 딸 에이미도 책을 손에서 놓지 않았다고 한다. 독서는 카터 집안의 전통이요 문화였다고 한다. 미국을 대표하는 세계적인 기업인 마이크로소프트의 빌게이츠 회장도 어릴 때부터 마을의 공공도서관을 적극적으로 이용했다는 사례를 보더라도 아이들의 독서습관이 얼마나 중요한 것인지를 깨달을 수 있다.

2003.05.13

컴퓨터를 복덩어리로

자식 키우는 부모치고 컴퓨터 문제로 골머리를 앓아보지 않은 경우는 거의 없을 것이다. 아이들을 셋 키우는 우리집도 사정은 마찬가지였다. 제 구실을 못하는 구형 컴퓨터를 신형 컴퓨터로 교체한 것은 올해 초였다. 아이들이 학교에서 내주는 숙제나 수행평가를 컴퓨터로 작성하여 출력물을 제출할 일이 많아지면서 큰맘 먹고 컴퓨터를 장만한 것이다.

성능이 좋은 컴퓨터로 바꾸기는 했지만 전화모뎀을 이용한 인터넷은 예전과 별 차이가 없었다. 속도가 느려 정보를 찾거나 자료를 내려받을 때 불편한 점이 많았다. 아이들도 컴퓨터는 있지만 학습이나 학교과제물은 대부분 인터넷을 활용해야 되기 때문에 불만이 많았다. 결국 아이들의 공부에 지장을 줘서는 안 되겠다는 생각으로 인터넷 전용선도 새로 설치하기에 이르렀다.

인터넷 전용선을 설치하던 날 클릭하자마자 인터넷에 접속하는 화면을 보며 아이들도 신이났고 더불어 방송강의를 들어야 했던 아내도 만족하였다. 그런데 문제는 그 다음부터 일어났다. 인터넷이 빨라지자 아이들이 지나칠 정도로 컴퓨터에 관심을 갖기 시작한 것이다. 책에 관심이 많던 큰 아이뿐만 아니라 둘째 아이, 심지어 5살 밖에 안 된 셋째도 언니, 오빠를 보며 인터넷을 하겠다고 야단이었다. 처음에는 호기심 때문에 그럴 것이라 생각하고 대수롭지 않게 넘겨 버렸다.

그런데 하루는 퇴근해서 집에 돌아와보니 아이들끼리 다투는 소리가 들렸다. 아빠가 왔는데도 나와서 인사하기는커녕 더욱 큰 소리로 다투고 있었다.

"야, 20분만 하고 그만한다더니 지금 30분이 됐단 말이야. 빨리 일어나"

"지금 하고 있는 게임은 끝내야 하잖아."

"너, 정말 알 일어설래"

"그래, 못 일어선다. 어쩔래"

그렇게 한동안 다투더니 이젠 서로 자리를 차지하겠다고 몸싸움까지 벌이기 시작했다. 서로 의자에서 밀어내겠다고 몸을 밀거나 옷을 잡아당기는 등 한마디로 전쟁터가 따로 없을 지경이었다. 주인을 기다리는 컴퓨터 화면에는 요란한 소리와 함께 게임 장면이 반복되고 있었다. 아이들의 학습에 조금이라도 도움을 주겠다며 목돈을 들여 컴퓨터를 사고 인터넷 전용선까지 설치한 부모의 정성을 몰라도 이렇게 모를 수가 있는가 하는 생각에 화가 머리끝까지 치밀어 올랐다.

그날, 난생 처음으로 아이들에게 매를 들었다. 아이들의 장단지가 시퍼렇게 멍이 들고서야 멈출 수 있었다. 이런 소란을 처음부터 지켜보던 아내는 잠시 나를 안방으로 불렀다. 아내의 얘기로는 새로 컴퓨터를 들여오고 인터넷을 설치한 후부터 아이들이 거의 컴퓨터 앞에서 살다시피 했다는 것이다. 처음에는 며칠만 지나면 괜찮겠지 했는데 점점 더 심해져서 이젠 통제할 수 없는 지경에 이르렀다며 안타까워했다. 아내는 남편이 걱정할까봐 말하지 않고 어떻게든 고쳐보려 노력했으나 이젠 한계에 직면한 것 같다며 긴 한숨을 몰아 쉬었다.

모든 것을 자신의 탓으로 돌리는 아내의 눈에는 눈물이 그렁그렁했다. 그런 모습을 지켜보자니 마음이 편치 않았고, 학교일로 바쁘다는 핑계를 대며 아이들의 교육은 아내에게 맡겨뒀던 자신이 부끄럽지 않을 수 없었다. 특히 학교에서 컴퓨터에 빠진 학생들의 폐해를 수없이 목격해왔기에 이런 일이 정작 내 자식들에게서 일어나고 보니 기가 막힐 수밖에 없는 노릇이었다.

그런 일이 있고나서 며칠 후, 또다시 문제가 발생했다. 토요일인데 둘째 녀석이 점심시간이 지났는데도 귀가하지 않는 것이었다. 두 내외가 발을 동동 구른 채 사방으로 수소문하며 찾아나섰으나 녀석은 꿩 구워먹은 자리처럼 오리무중이었고 아내와 나는 시커멓게 타들어가는 속을 달래며 기다릴 수밖에 없었다. 그렇게 길게만 느껴지던 시간이 흘러 어느덧 땅거미가 내려앉기 시작하자 녀석이 돌아왔다. 냉랭한 집안 분위기를 감지한 녀석은 자신의 잘못을 알았던지 아니면 호랑이처럼 무서운 얼굴을 하고 있는 아빠가 무서웠던지 지금까지의 행적을 전혀 밝히려들지 않았다. 결국 아이에게 아무런 책임도 묻지 않겠다는 약속을 한 후에야 녀석의 행적을 알 수 있었다. 등잔 밑이 어둡다고 녀석은 바로 앞동에 사는 친구집에 있었다는 것이다. 그 친구의 부모님은 낮에 일 나가고 저녁 늦게서야 돌아오기 때문에 아이들이 함께 몰려다니며 놀기에는 최적의 조건이었다. 물론 그 집에도 찾아갔으나 녀석들은 의도적으로 모른척 한 것이었다. 한창 인터넷 게임의 재미에 빠진 녀석은 집안에서 컴퓨터를 했다가는 또 혼날 것이 뻔하자 아예 친구집에서 마음껏 게임을 하고 왔다는 것이다. 아무리 철없는 녀석이라도 연락 한 번 없이 게임만 하고 왔다는 말에는 화가 치밀어 오르지 않을 수 없었다. 그렇지만 무작정 혼낸다고 될 일도 아니었다. 그날 녀석과 대화를 하던 중 그동안 학원도 몇 차례 빼먹고 친구집에서 게임을 했다는 사실도 새롭게 알게 되었다.

　녀석은 '크레이지 아케이드' 라는 온라인 게임에 빠져 있었다. 인터넷을 통하여 상대방과 겨루는 게임이었다. 게임의 내용을 살펴보니 그렇게 나쁜 것만은 아니었으나 이것이 계기가 되어 다른 게임에도 관심을 갖게되면 그때부터는 걷잡을 수 없게 된다는 점이 문제였다. 물론 아이가 절제할 수 있으면 좋겠지만 그 나이에 중독성이 강한 게임을 자신의 의지대로 조절하기란 사실상 쉬운 일이 아니었다.

　책을 좋아하는 큰 아이는 '버디버디'라는 사이트를 통하여 인터넷 채팅에 빠져있었다. '버디버디'는 가상공간을 통하여 친구들이나 전혀 모르는 사람들과 실시간으로 대화를 할 수 있는 사이트였다. 녀석은 아예 컴퓨터 초기화면에 '버디버디' 아이콘을 만들어 놓기까지 했다. 초등학교 1학년 때부터 책읽는 습관을 들이기 위해 많은 공을 들였으나 컴퓨터로 인하여 한순간에 물거품이 될 수도 있었다. 틈만나면 책갈피를 넘기고 있던 녀석의 손에는 어느덧 마우스가 쥐어져 있었다.

　아직 5살 밖에 안 된 막내도 예외는 아니었다. 한글도 제대로 모르는 녀석이 어디서 배웠는지 인터넷 포털사이트의 꾸러기 코너에 있는 '옷입히기'라는 유아 프로그램에 빠져 있었다. 오후 4시가 넘어 유아방에서 돌아오면 컴퓨터 앞으로 달려가서 '옷입히기'를 하겠다고 떼를 쓰기 시작했다. 아내도 처음에는 아이가 호기심 때문에 그렇겠다 싶었으나 시간이 갈수록 그 정도가 더욱 심해졌다는 것이다. 아직 유치원도 들어가지 않은 녀석이 컴퓨터의 오락적 기능부터 알게 되었으니 실로 큰 문제가 아닐 수 없었다.

　이처럼 셋이나 되는 아이들이 한결같이 컴퓨터에 빠져들고 있었으니 더 이상 대책을 미룰 수가 없었다. 아내와 함께 며칠 동안 머리를 맞대고 숙의한 끝에 일단 방안을 마련했고, 곧바로 실행에 옮기기로 했다.

컴퓨터 제대로 알기

처음에는 컴퓨터 부팅 화면에 패스워드를 걸어놓고 사용을 제한했다. 일단 컴퓨터를 사용하지 않음으로써 학습이나 숙제를 하는데 불편을 느껴보라는 의미도 있었고 또한 사용 목적이 분명하지 않으면 컴퓨터를 사용할 수 없다는 점을 분명히 인식시켜주기 위한 조치였다. 그렇지만 아이들이 컴퓨터를 사용할 때마다 일일이 사용 목적을 밝혀야하고, 부모는 합당하다 싶으면 부팅 패스워드를 입력하여 사용할 수 있도록 하는 불편을 언제까지나 감수할 수도 없는 노릇이었다.

일주일 정도 흐른 뒤, 컴퓨터의 패스워드를 해제시켰다. 그리고 아이들을 불러 컴퓨터의 기능에 대하여 한 가지씩 설명하기 시작했다. 컴퓨터는 잘못 사용하면 흉기가 될 수도 있으나 잘만 사용하면 많은 도움이 된다는 것부터 주지시켰다. 그리고 컴퓨터는 오락이나 게임보다도 학습이나 유익한 정보를 얻는데 사용하는 도구라는 사실도 강조했다. 그리고 아이들이 컴퓨터를 학습에 어떻게 활용할 것인지에 대한 방법을 보여주었다.

우선 아이들에게 교과서를 가져오라고 한 후, 책을 읽어 가면서 모르는 어휘가 있으면, 인터넷의 사전 기능을 이용해서 어휘의 뜻을 쉽게 찾아보고, 모호한 개념이나 원리가 나오면 백과사전 기능을 활용하는 방법을 보여 주었다. 그리고 자신이 필요로 하는 각종 정보나 자료를 쉽고 빠르게 찾을 수 있도록 포털사이트의 검색 기능도 보여 주었다. 이처럼 인터넷은 오락용보다 학습용으로 사용할 때 더 많은 효용가치가 있다는 점을 강조하였다.

이렇게 일주일 정도 컴퓨터의 유용성에 대하여 설명하자 아이들의 태도도 조금씩 변화하기 시작했다. 이때를 놓칠세라 큰 녀석에게는 워드프로세서 자격증을 딸 수 있는 참고서를 사주었다. 컴퓨터와 관련된 각종 자격증은 어렸을 때 취득해두는 것이 장래를 위해서도 도움이 될 것 같았다. 그리고 학교에서 특기적성교육으로 실시하고 있는 컴퓨터반도 수강하도록 했다.

초등학교 3학년인 둘째 녀석도 컴퓨터의 기능을 어느 정도 알게 되자 학교에서 부과된 숙제도 인터넷에서 자료를 찾아 정리하는 등 과거와는 확연하게 달라진 모습을 나타냈다. 또한 컴퓨터의 자판을 능숙하게 익힐 수 있도록 인터넷의 '꾸러기 타자연습' 사이트에 접속하여 연습하도록 했다. 마침 자판을 게임 형태로 익힐 수 있어 아이도 무척 재미있어 했다. 손재주가 있는 둘째는 점점 능숙한 솜씨로 자판을 다루었고, 누나와 마찬가지로 특기적성교육의 컴퓨터 반에 들어가서 좀더 구체적으로 배우기 시작했다.

문제는 막내였다. 아직 5살 밖에 안 된 아이에게 컴퓨터의 유용성을 말한다는 것은 의미가 없어 보였다. 그래서 녀석의 경우에는 일단 자신이 좋아하는 '옷입히기'를 하되 정해진 시간을 지키도록 유도했다. 사실 그 정도의 나이에 스스로의 행동을 억제할 수 있기를 바라는 것은 무리였다. 그렇지만 '세살 버릇 여든까지 간다'는 속담처럼 어릴수록 잘못된 습관을 바로 잡는 것은 아이의 장래를 위해서도 필요한 부분이었다. 막내에게 정해진 컴퓨터 이용시간은 하루에 30분이었다. 아이가 컴퓨터 앞에 앉으면 알람시계를 갖다놓았다. 알람시계가 울리면 컴퓨터를 끄게 하고 반드시 자리에서 일어나게 했다. 처음 며칠은 떼를 쓰기도 했으나 나중에는 시계소리가 울리면 알아서 자리에서 일어났다. 아이가 인터넷을 할 때도 '옷입히기'만 하지 않도록 했다. 동화를 보거나 동요를 들을 수도 있고 한글을 따라할 수 있는 방법도 가르쳐 주었다.

이런 노력이 두 달 넘게 지속되자 이젠 컴퓨터로 오락이나 게임을 하는 일이 거의 사라졌다. 큰 아이는 좀더 높은 급수의 자격증을 따기 위해 둘째는 학습에 필요한 내용을 찾기위해 막내는 한글을 익히기 위해 컴퓨터를 사용하게 되었다. 특히 유일하게 오락이 허용된 막내는 신기할 정도로 정해진 시간을 잘 지켰고 한글을 깨우치는 속도도 놀라울 만큼 향상되었다.

일단 컴퓨터의 유익한 점을 깨닫게 하겠다는 당초의 의도는 어느 정도 성과를 거두고 있었다. 결국 부모가 나서서 함께하면 아이들의 잘못된 습관이나 버릇도 고칠 수 있다는 것을 다시 한 번 확인하게 되었다. 그렇다고 안심할 단계는 아니었다. 아이들은 럭비공과 같아서 언제 어디로 튈지 장담할 수 없기 때문이다.

집안 분위기 바꾸기

문제는 집안 분위기였다. 환경이 바뀌지 않고는 아이들의 생각도 근본적으로 바뀔 수 없었다. 컴퓨터로 인하여 분란을 겪고 난 후, 부모의 책임을 통감하지 않을 수 없었다. 어찌 보면 교육자라는 사람이 남의 아이들에만 매달려 정작 자신의 아이들은 방치한 셈이 되고 말았다. 따라서 이제부터는 아이들을 위해서 집안분위기부터 바꾸겠다고 마음먹었다.

가장 먼저 시작한 것은 책읽기였다. 큰 아이는 이미 몇 년 전부터 주말마다 도서관에 데리고 다녀서 그런지 비교적 책읽는 습관이 잘 들어 있었다. 녀석은 한 번 책을 손에 쥐면 끝까지 읽어야 직성이 풀릴 정도로 독서광이었다. 문제는 둘째 녀석이었다. 아무래도 사내 아이라 그런지 책에 대하여 관심이 적었다. 그렇다고 책과 담을 쌓은 것도 아니었다. 녀석도 누나와 마찬가지로 꾸준히 도서관에 다녔기에 일주일에 두세 권 정도는 읽는 편이었다. 그렇지만 학년이 올라가며 독서보다는 컴퓨터나 운동에 관심이 많았다.

일단 부모가 먼저 독서하는 분위기를 만들 필요가 있었다. 따라서 나뿐만 아니라 아내도 가능하면 무언가를 열심히 읽는 모습을 보여주기 위해 애썼다. 그동안은 퇴근해서 돌아오면 아이들을 의식하지 않고 텔레비전을 보는 일이 많았으니, 이런 모습이 아이들에게 부정적인 영향을 미쳤을 것이 분명했다. 그래서 이번 기회에 가족과 함께 보는 프로그램이 아니라면 아예 텔레비전을 보지 않기로 다짐하고, 그 시간에 가능하면 책을 읽도록 했다. 그렇지만 항상 책을 읽을 수도 없는 노릇이라 학생들을 가르칠 교안을 작성하거나 밀린 업무가 있으면 아이들과 함께 책상에 앉아서 준비하는데 시간을 할애했다. 아내도 방송통신대학에 재학중이기 때문에 한창 공부의 매력에 빠져있어 집안을 학습분위기로 바꾸는 것은 대찬성이었다.

텔레비전과 멀어짐으로써 자신만의 시간을 가질 수 있다는 장점도 있었지만, 매일 쏟아져 나오는 각종 정보에서 소외될 수도 있다는 단점도 무시할 수 없었다. 물론 나의 경우에는 신문을 보는 것으로도 충분했다. 그렇지만 아내와 아이들은 각자 관심사가 다르기 때문에 친근하게 접할 수 있는 매체가 필요했다. 그래서 아내를 위해서는 '좋은 생각'이라는 교양잡지를, 아이들은 '어린이 신문'을 별도로 구독하여 볼 수 있도록 했다. '어린이 신문'은 각종 정보뿐만 아니라 학습과 관련하여 다양한 내용을 담고 있기에 여러모로 유용하게 활용할 수 있었다.

가족들이 함께 모여 식사하는 시간에는 가능하면 그날 있었던 일을 소재로 대화를 만들어갔다. 그러면서 아이들이 무엇을 생각하고 또 무슨 고민을 하고 있는 지 사소한 것까지 말하게 함으로써 부모와의 간격을 서서히 좁혀 갔다. 식사가 끝나면 아이들과 함께 가족 장기자랑이나 오락대회도 열어서 함께 웃고 즐기는 시간도 마련했다. 이런 시간을 통하여 가족간의 유대감도 생기고 혼자보다 여럿이 함께할 때 더 큰 즐거움을 나눌 수 있다는 사실도 깨닫도록 했다.

처음에는 기존의 생활습관이 있어 무척 힘들 것으로 예상했으나 걱정과는 달리 가족 모두가 비교적 수월하게 적응할 수 있었다. 집안에서는 가능하면 책을 읽거나 공부를 하고 나머지 시간은 신문을 읽거나 가족과 함께 서로의 관심사에 대하여 대화를 나누는 것이 생활화되자 아이들도 컴퓨터 게임에 대한 관심이 서서히 줄어들기 시작했다.

컴퓨터 다스리기

집안 분위기가 서서히 바뀌면서 아이들도 컴퓨터 사용을 최대한 자제하기에 이르렀다. 그렇다고 컴퓨터를 무조건 사용하지 말라는 것은 아니었다. 컴퓨터는 효과적으로만 사용하면 얼마든지 학습에도 많은 도움을 받을 수 있기 때문이다. 그래서 아내와 함께 상의한 끝에 아이들이 컴퓨터를 자유롭게 사용하도록 하고 다만 그 규칙만큼은 반드시 지키도록 했다.

첫째, 컴퓨터를 할 때는 반드시 방문을 열어놓도록 했다.

아무래도 밀폐된 공간에서 혼자 사용하다보면 호기심이 발생할 것이고 그렇게 되면 자신의 의지와는 상관없이 부정적인 내용에 접하거나 오락에 빠질 가능성이 있기 때문이었다. 아이들이 실천할 수 있도록 어른들부터 컴퓨터를 사용할 때는 반드시 방문을 열어놓았다.

둘째, 컴퓨터를 사용할 때는 반드시 부모님의 허락을 얻도록 했다.

필요하면 컴퓨터는 언제든지 사용할 수 있지만 반드시 그 사용 목적을 밝히도록 한 것이다. 그래야만 컴퓨터를 사용하는 것도 떳떳하고 부모 입장에서도 아이가 무슨 내용을 하고 있는지 알 수 있기 때문이다.

셋째, 컴퓨터를 동시에 사용할 때는 반드시 연장자를 우선하도록 정했다.

다섯명이나 되는 식구가 한 대의 컴퓨터를 이용하기 때문에 사용 시간이 겹칠 수도 있었다. 따라서 서로 먼저 하겠다고 다투는 상황도 배제할 수 없어 일정하게 규칙을 정해줄 필요가 있었다. 연장자를 우선하는 것은 윗사람을 존중하는 우리 민족의 전통을 어려서부터 깨닫도록 하기 위함이었다.

넷째, 오후 10시 이후에는 컴퓨터 사용을 자제하도록 했다.

다만 꼭 필요할 경우에는 그 이유에 따라 예외를 인정하기로 했다. 사실 10시가 넘어서까지 컴퓨터를 한다는 것은 다음날 학교생활에도 부정적 영향을 미칠 수밖에 없다. 그동안 밤새도록 컴퓨터를 하고 이튿날 학교 수업시간에 조는 학생들을 수도 없이 보아왔기 때문이다. 그만큼 늦은 시간까지 컴퓨터를 한다는 것은 학교생활에 많은 지장을 초래할 수밖에 없는 것이다. 하지만 10시가 넘어서까지 꼭 컴퓨터를 사용해야할 필요가 있다면 그 이유를 분명히 말하고 허락을 얻어 사용하도록 했다.

다섯째, 컴퓨터를 이용하여 통신을 주고받을 경우, 반드시 올바른 우리말을 사용하도록 했다.

이 규칙은 둘째 아이가 친구와 함께 주고받는 통신언어를 우연히 목격한 후, 그 심각성을 알게 되었다. 근래 들어 인터넷이 일반화되고 각종 정보와 소식을 교환할 때 아름다운 우리말을 훼손하는 사례가 급격히 증가하고 있는 상황에서 아들 녀석도 예외는 아니었다. 따라서 통신언어를 사용할 때는 반드시 올바른 우리말을 사용하도록 했다.

이렇게 해서 만든 다섯 가지 규칙을 담은 종이는 컴퓨터가 있는 책상 앞에 붙여두고 언제나 살펴볼 수 있도록 했다.

컴퓨터 사용규칙
1. 컴퓨터를 사용할 때는 반드시 방문을 열어 놓는다.
2. 컴퓨터를 사용할 때는 반드시 부모님의 허락을 얻는다.
3. 컴퓨터 사용이 겹칠 때는 연장자를 우선으로 한다.
4. 10시 이후에는 컴퓨터 사용을 자제한다.
5. 통신언어를 사용할 경우, 반드시 올바른 우리말을 사용한다.

주말을 계획적으로

집안 분위기도 어느 정도 갖춰졌고, 컴퓨터와 관련된 규칙도 마련했지만 아직은 안심할 단계가 아니었다. 왜냐하면 아이들의 주말이 문제였다. 사실 주중에는 학교와 학원 수업으로 인하여 컴퓨터에 매달릴 시간이 많지 않으나 주말에는 특별한 일이 없는 한 컴퓨터만큼 시간보내기 좋은 대상도 없었기 때문이다. 많은 부모들 특히 아버지의 경우 주말에는 잠을 자거나 자신의 취미 활동으로 소일하게 마련이다. 그럴수록 아이들은 부모의 관심에서 벗어나 컴퓨터에 빠져들기 십상이라 가능하면 주말도 아이들과 함께 시간을 활용하기로 계획을 세웠다.

가장 먼저 실천한 것이 아이들과 함께 도서관가기이다. 다행히 내가 살고 있는 곳과 아주 가까운 거리에 시립도서관이 있고 그 안에는 별도의 어린이 도서실도 마련되어 있었다. 따라서 책을 읽겠다고 마음만 먹으면 언제든지 이용할 수가 있었다.

일단 결정을 하니까 실천은 그리 어렵지 않았다. 토요일 오후에 특별한 계획이 없으면 온 가족이 함께 도서관으로 향했다. 첫째와 둘째는 자신이 관심 있는 책을 골라서 읽고, 아직 한글을 깨우치지 못한 막내의 경우에는 자신이 보고 싶은 책을 골라서 가져오면 내가 대신 읽어주었다. 방송통신대학 유아교육과에 재학 중인 아내는 조리사, 위생사에 이어 이번에는 유치원 2급 정교사 자격증을 따겠다며 한창 공부하는 재미에 빠져 있는 터라 마치 날개를 단 격이었다.

토요일이 도서관 가는 날이라면 일요일은 체험학습의 날로 잡았다. 가까운 곳으로 등산을 간다거나 아니면 가볍게 다녀올 수 있는 장소를 선택해서 온 가족이 함께 나들이를 했다. 일주일에 하루 정도는 맑은 공기와 아름다운 자연 속에서 휴식을 취하는 것도 다음 한 주를 열심히 생활할 수 있는 활력소가 될 것이기 때문이다. 특별한 계획이 없으면 처가가 있는 안면도에도 자주 들렀다. 아이들에게 농사를 짓고 있는 외가는 살아있는 체험학습의 장이나 다름없었다. 외할아버지와 외할머니를 찾아뵙고 인사를 올린 후, 농사일도 거들어 드림으로써 책에서 배울 수 없었던 소중한 경험을 쌓을 수 있었다.

아이들이 집에 머무는 시간이 많은 방학 때는 좀더 세심하게 계획을 세웠다. 자칫 방학이 되면 남는 시간으로 인해 컴퓨터를 끼고 살 염려가 있었다. 방학에도 몇 군데 학원을 다니고 있었기에 큰 문제는 없었으나 학원까지 방학하는 일주일 정도의 시간이 문제였다. 이때는 비교적 먼 곳을 찾아 가족 테마여행을 떠났다. 일단 출발하기 전부터 아이들과 함께 여행지를 선정하고 일정을 짜는 등 철저한 준비를 한 후 목적지로 향했다. 여행을 다녀와서도 아이들이 직접 촬영한 사진이나 각종 자료를 모아 보고서를 작성한 후, 학습자료로 활용하도록 유도했다. 작년 여름방학에는 '강원도의 자연 환경'을, 겨울방학에는 '천년고도 경주를 찾아서'로, 올해 여름방학은 '민속 문화와의 만남'이란 주제로 가족 테마여행을 다녀온 바 있다.

주말 저녁이 되면 아이들이 기다리는 시간이 있다. 바로 아빠와 함께 학교 체육관으로 배드민턴을 치러가기 때문이다. 배드민턴은 아침마다 아내와 함께 하는 운동이다. 바쁜 시간이지만 운동을 통하여 체력을 다지고 삶의 보람도 느껴보자는 취지에서 시작한지 벌써 삼년째로 접어들고 있다. 그러나 아이들의 컴퓨터 문제로 한차례 홍역을 치르고 나서 가장 먼저 떠오른 것이 바로 운동이었다. 아이들도 생활을 하면서 각종 스트레스에 시달리기 때문에 삶의 활력을 줄 수 있는 것이 필요했다.

다행히 아이들도 운동을 좋아해서 즐거운 마음으로 주말 저녁을 보낼 수 있었다. 열심히 운동하고 땀을 흘린 뒤, 집에 돌아와서 따뜻한 물로 샤워를 하면 아이들도 그만큼 심신이 상쾌해지는 것을 느낄 수 있어 무척 좋아했다. 그런 상태에서 공부를 하게 되니 능률이 오르는 것은 당연했다. 이처럼 가족과 함께 주말을 보낸 후로는 아이들이 컴퓨터를 하는 것은 거의 찾아볼 수 없었다.

컴퓨터를 내 편으로

삼개월 쯤 지나자 이런 노력들이 어느 정도 결실을 거두기 시작했다. 애물단지였던 컴퓨터는 이제 가족 모두의 도우미로서 그 역할을 톡톡히 하게 되었다. 큰 아이는 컴퓨터 자격증을 따기 위해서 열심히 준비하였고, 그 결과 두달만에 워드프로세서 3급 자격증(04-11-051989)

을 취득하였고, 2급은 필기시험에 합격한 상태이다. 또한 엑셀이나 파워포인트를 배워서 학습에 활용할 수 있는 단계까지 이르게 되었다.

달라진 집안 분위기 덕분에 이제 아이들이 컴퓨터에 빠져있는 모습은 찾아볼 수 없게 되었다. 그 대신 대부분의 시간을 책을 읽거나 학교 공부를 하는데 활용하고 있다. 혹시 컴퓨터를 사용할 일이 있어도 '컴퓨터 사용 규칙'에서 어긋나지 않도록 서로가 노력을 했다. 철부지 막내까지도 '컴퓨터 사용 규칙'을 지키기 위해 컴퓨터를 사용하기 전에는 반드시 허락을 받았고, 어떤 내용이든 30분을 넘기지 않았다. 어느 정도 사용했다 싶으면 자신이 알아서 컴퓨터의 전원을 내렸다. 달라진 막내의 모습만 보더라도 아이들이 '컴퓨터 중독'에서 완전히 벗어났음을 확인할 수 있었다.

인터넷은 또 가족간에 평소 나눌 수 없었던 이야기를 자연스럽게 주고받을 수 있는 공간으로 활용했다. 아이들과 함께 컴퓨터를 통하여 다양한 생각을 주고받거나 학습에 관한 각종 자료 및 가족의 활동을 기록할 수 있는 '우리가족 행복 울타리'라는 이름의 카페를 만든 것이다. 사이버상에 존재하는 카페는 또 다른 행복 도우미로서 가족간의 사랑을 연결시켜주는 징검다리의 역할을 했다. 나도 개인 홈페이지를 만들어서 교육활동을 하며 쓴 글이나 자료를 모아서 많은 사람들이 볼 수 있는 공간으로 꾸몄다.

　사실 컴퓨터는 단점도 있지만 장점도 많기 때문에 어떻게 활용하느냐에 따라 달라질 수 있다. 이제 우리집에서 컴퓨터는 더 이상 골칫거리가 아니라 아이들의 학습을 도와주고 가족간의 유대감을 강화하는 복덩어리로 바뀐 것이다. 이렇게 달라지기까지는 우선 사랑하는 나의 자식들이 무던히 참고 견디며 변화하려고 애썼던 것이 가장 큰 힘이었다.

　속담에 '소를 물가에 데려갈 수는 있어도 먹일 수는 없다'고 했듯이 우리 부부가 한 일도 아이들을 온전하게 물가로 이끌어준 것 밖에는 없다. 비록 아주 작은 사연에 불과하지만 지금도 컴퓨터로 인하여 자식교육에 어려움을 겪고 있는 가정에 조금이라도 도움이 되었으면 하는 마음으로 부끄러움을 무릅쓰며 사례를 소개했다.

2004.8.24

청백리가 그리운 시대

1판 1쇄 | 2006년 1월 1일

지 은 이 | 최진규
펴 낸 이 | 손형국
펴 낸 곳 | (주)에세이
출판등록 | 2004. 12. 1(제395-2004-00009호)

주   소 | 412-791 경기도 고양시 덕양구 화전동 200-1 한국항공대학교
          중소벤처육성지원센터 409호
홈페이지 | www.essay.co.kr
전화번호 | (02)3159-9638~40
팩   스 | (02)3159-9637
가   격 | 12,000원

ISBN 89-91810-74-8 03810